Denise Hall arbeitete zehn Jahre lang für verschiedene amerikanische Zeitschriften und Zeitungen. Heute ist sie freiberuflich für irische Publikationen sowie für die BBC tätig.

Dieses Buch wurde auf chlor- und säurefreiem Papier gedruckt.

Deutsche Erstausgabe September 1995

Titel der Originalausgabe »Stones & Stars«

Published by Arrangement
with Macmillan London / Pan Macmillan Ltd.
Originalverlag Macmillan, London
Umschlaggestaltung Agentur ZERO, München
unter Verwendung des Gemäldes »Bauernkate in Cordeville«, 1890,
von Vincent van Gogh
Druck und Bindung Elsnerdruck, Berlin
Printed in Germany
ISBN 3-426-60399-3

2 4 5 3 1

Denise Hall

Mein Cottage in Irland

Aus dem Englischen
von Gesine Pelka-Bastian

Knaur

Für Amber,
dafür, daß es sie gibt

… und lassen dir (unsäglich zu entwirrn)
dein Leben bang und riesenhaft und reifend,
so daß es, bald begrenzt und bald begreifend,
abwechselnd Stein in dir wird und Gestirn.

Aus »Abend« von Rainer Maria Rilke

Danksagung

Besonderen Dank an RTE Radio, den *Cork Examiner*, die *Irish Post*, Deirdre Purcell, Gesine Pelka-Bastian, Jane Wood, Peta Nightingale und die Leute von West Cork, damals und jetzt.

Inhalt

1
Geködert!

Das Barley Lake Cottage war das letzte Haus an einer engen gewundenen Bergstraße mit einer wunderbaren Aussicht. Hier hatte ich die letzten drei Jahre glücklich und zufrieden gelebt.

Im Grunde bestand es nur aus einem langgestreckten Raum mit einem riesigen offenen Kamin aus Stein, drei kleinen Fenstern und einer Tür. Das obere Stockwerk war ein ehemaliger Speicher, aus dem der Vorbesitzer geschickt zwei Schlafzimmer gezaubert hatte. Das Cottage war ungefähr achtzig Jahre alt, hatte dicke schiefe Wände, und das Dach war mit schweren grauen Schieferplatten gedeckt, von denen man sich erzählt, daß sie mit Eselskarren über die Berge von Kerry gebracht worden waren.

Als ich einzog, gab es weder Elektrizität noch fließendes Wasser, nur Öllampen und einen Brunnen am Fuß des steilen Hügels vor meiner Eingangstür. Mein hinterer Garten bestand aus einem Feld von zweitausend Quadratmetern, das steil vom Haus abfiel und von dem aus man das dicht bewaldete Tal überblickte. Mir schien das eine riesige Fläche für einen Garten zu sein. Aber das kam daher, daß ich nach zehn harten Jahren in Los Angeles nach West Cork gezogen war. Und in Los Angeles wären meine bescheidenen zweitausend Quadratmeter wahrscheinlich mit einem kleinen Einkaufszentrum, ein oder zwei Doppelhäusern und einem Parkplatz bebaut worden.

Die letzten drei Jahre in L. A. hatte ich damit zugebracht für den *National Enquirer* zu arbeiten, und ich hatte den Entschluß gefaßt, meine Zelte abzubrechen. Hier, an diesem abgelegenen Fleck, umgeben von der Stille der Berge, hoffte ich mein chaotisches Leben in ruhigere Bahnen zu lenken, mich der Gelassenheit um mich herum anzupassen. Ich hatte auch das Gefühl, daß ich einen verlorenen Teil von mir wiederfinden konnte.

Die Vorfahren meines Vaters stammten aus Irland, und obwohl ich selbst nie hier gelebt hatte, war ich doch oft zu Besuch gewesen. Nach nur wenigen Tagen, in denen ich durch die Wälder von Killarney gewandert war und in kleinen dunklen Pubs mehrere Pints getrunken hatte, fühlte ich mich auf eine Art zu Hause, wie ich es noch nie zuvor erlebt hatte. Selbst in den anderen Ländern, in denen ich gelebt hatte, stellte sich dieses Gefühl nie ein. Irland fühlte sich einfach heimelig für mich an, wie wenn man in ein altes Paar abgetragener Hausschuhe schlüpft, die speziell für einen gemacht worden sind.

Hier waren mein Zuhause, meine Freunde, eine wunderbare Umgebung und die frische Bergluft, und ich hatte fast die Erinnerungen an Los Angeles' neun Millionen Einwohner und den niederdrückenden, bräunlich-gelben Smog verscheucht.

Das Barley Lake Cottage hatte in den Jahren, in denen ich dort wohnte, mehrere Verbesserungen erlebt. Jetzt gab es Elektrizität, eine ordentliche Wasserversorgung und – es ist kaum zu glauben – eine Toilette mit Wasserspülung. Zugegeben, die Toilette war außen, aber für mich stellte sie nach den monatelangen Provisorien mit Sägespänen und Camping-Klos den höchsten Luxus dar. Für die Zukunft plante ich ein Bad und eine abgetrennte Küche an das kleine

Cottage anzubauen. Dann wäre es perfekt. Aber so ein Luxus mußte warten.

Ich kämpfte darum, meinen Lebensunterhalt als freischaffende Journalistin zu verdienen. Viele Verleger dachten, daß ich im entlegensten Niemandsland lebte, und hielten es für unmöglich, daß hier etwas von Interesse für die Außenwelt geschehen konnte. Dieses Verhalten war für mich nur schwer verständlich. Ich persönlich fand das pulsierende Leben auf dem Lande sehr anstrengend. Hier war immer etwas los, und ich hatte schon gemerkt, daß ich, um einmal Ruhe vor dieser Hektik zu finden, in eine nette friedliche Großstadt fahren mußte. Und das war bereits, bevor ich Lickeen kaufte.

Es begann alles ganz harmlos – eine zufällige Begegnung mit dem ortsansässigen Makler im Wald. Er war auf einem Gesundheitsspaziergang, und ich drückte mich vor einem Artikel, den ich schreiben sollte unter dem Vorwand, daß ich die Hunde ausführen und meine zwei Pferde füttern mußte.

Der Makler und ich plauderten eine Zeitlang, hauptsächlich über das Wetter und die Schafe. Solche Themen beherrschen den Großteil der Gespräche und machen das Leben hier so angenehm. Ich erwähnte zufällig, daß die älteste und engste Freundin meiner Tochter Amber, Kristine, die in Los Angeles lebt und uns oft besucht, von der unberührten Schönheit West Corks so verzaubert war, daß sie daran dachte, sich ein kleines Stück Land zu kaufen. Sie suchte etwas in unserem Tal, das nur wenige Kilometer von dem Küstenort Glengarriff entfernt ist. Ich fragte ihn, ob er etwas Passendes wüßte.

Seine Augen begannen auf eine Art zu leuchten, die mich hätte warnen sollen. Es war ein Ausdruck, den ich schon vorher gesehen hatte. Er bedeutete, daß er etwas im Schilde führte, von dem ich nichts wußte.

»Was du tun solltest«, sagte er nach einem Augenblick nachdenklicher Stille, »ist, Lickeen zu kaufen.«

Ich erklärte ihm nochmals, daß unsere Freundin nach etwas Kleinem und Unkomplizierten Ausschau hielt und ich mit Sicherheit keine Absicht hätte umzuziehen. Ich wußte alles über Lickeen, wie jeder hier im Tal. Es war ein Hof, der seit mehr als dreißig Jahren nicht mehr bewirtschaftet worden war. Er bestand aus achtundzwanzig Hektar wunderschönem, aber verwildertem Land. In meiner Vorstellungswelt eines geordneten Lebens fernab von den Zerstreuungen der Großstadt und ausschließlich der ernsthaften Arbeit des Schreibens gewidmet war dafür kein Platz. Das Bauernhaus von Lickeen war heruntergekommen und baufällig, stand halb an einem Berg, und der Weg hinauf war unbefahrbar. Es gab weder Wasser noch Elektrizität, und es müßten ungeheure Mengen an Zeit und Geld investiert werden, um den Platz einigermaßen bewohnbar zu machen. Das war kein Projekt für eine zurechnungsfähige alleinstehende Person.

Der Makler wartete, bis ich zu Ende geredet hatte. Er kümmerte sich eh keinen Pfifferling um meine Ausführungen.

»Was du tun solltest«, wiederholte er mit derselben, langsamen Nachdrücklichkeit, »ist, Lickeen zu kaufen.«

Ich beschloß diese Unterhaltung nicht mehr fortzusetzen. Offensichtlich waren seine Gedanken nicht auf kleine, unbedeutende Stücke Land gerichtet. Wir verabschiedeten uns, und ich machte mich auf den Heimweg. Die Hunde sprangen in dem Wald, der jetzt rasch dunkel wurde, fröhlich vor mir her, und ich war sicher, daß dies das letzte war, was ich von Lickeen gehört hatte.

Die Dämmerung kommt zu dieser Jahreszeit sehr schnell.

Weihnachten nahte und meine Tochter Amber, die in Plymouth Psychologie studierte, kam zusammen mit ihrem Freund Bryn in den Ferien zu mir. Auch Kristine flog von Los Angeles hierher. Die letzten vier Jahre hatten wir vier uns zu einer Art zwanglosen Familie zusammengeschlossen. Obwohl ich noch kein passendes Stück Land für Kristine gefunden hatte, würde sich schon irgend etwas ergeben. Es war ja nicht eilig.

Eines der besten Dinge an Weihnachten in Irland ist, daß man sich absolut keine Sorgen über so alltägliche Dinge wie Rechnungen oder Kosten für Tierfutter etc. machen muß. Einige Wochen lang ist entweder alles geschlossen, oder die Leute sind einfach nicht in der Laune für ernsthafte Unterhaltungen. Ich hatte entdeckt, daß ab Anfang Dezember alles mit der Zauberformel »nach den Feiertagen« verschoben werden konnte. So verschob ich jetzt ganz legitim alle Gedanken, wie ich mein mageres Einkommen aufbessern konnte, bis zum neuen Jahr. Währenddessen blieb Lickeen unverkauft und unbewohnt, außer von Dachsen, Füchsen und anderen Exemplaren der Tierwelt, die es für sich beansprucht hatten.

Am Tag nach der Ankunft der »Familie« saßen wir alle um den Küchentisch im gemütlichen Barley Lake Cottage. Wir tranken Kaffee und erzählten uns die letzten Ereignisse. Es war der Weihnachtstag, klar, lieblich und überraschend warm. Glengarriff liegt am Golfstrom, und das Wetter im Frühwinter ist oft herrlich. In den vergangenen Jahren hatten Amber und ich es uns zur Gewohnheit gemacht, an Weihnachten lange, ausschweifende Wanderungen zu unternehmen. Diese planen wir mit einer Ernsthaftigkeit und Entschlossenheit, zu der wir sonst kaum fähig sind. Dieses Jahr nahmen wir uns alle vor, nach Lickeen zu gehen. Die Bedingungen für einen großartigen Weihnachtsspaziergang waren optimal. Oben angekommen, würden wir auf den Berg klettern und auf die Bucht von Bantry hinunterblicken und auf die dunkelgrüne,n stark bewaldeten Inseln sehen, die sich wie kleine Edelsteine aneinanderreihten.

Und so geschah es. Schließlich lagen wir erschöpft auf einem Felsabsatz, der über einer der größten und ältesten Tannen des Glengarriffer Forsts hing. Wir atmeten die berauschenden Düfte von Kiefern und Heidekraut ein und sogen die uns umgebende Pracht auf.

Die Luft an diesem Tag war so still, daß ich den mühelosen stetigen Flügelschlag des Raben hörte, der träge über uns seine Runden drehte. Dann sagte irgend jemand, dies sei der perfekte Weihnachtstag und daß Lickeen einer der schönsten Plätze auf dieser Erde sei. Danach kann ich mich an nicht mehr viel erinnern. Das nächste, was ich weiß, ist, daß wir alle den Kauf von Lickeen so normal besprachen, als ginge es darum, sich zwischen Lachs und Gans für das Weihnachtsessen zu entscheiden.

Bis zum heutigen Tag besteht meine Tochter darauf, daß ich die erste gewesen sei, die den Vorschlag geäußert hatte, das Grundstück zu kaufen. Das kann ich mir allerdings kaum vorstellen. Wie auch immer, kaum war die Idee in der frischen Winterluft ausgesprochen, weigerte sie sich, wieder zu verschwinden. Nach dem Genuß von beachtlichen Mengen an zollfreien Getränken und in weihnachtlicher Stimmung saßen wir bei ausgiebigem Essen und planten unsere Zukunft in Lickeen. Ich würde das Barley Lake Cottage verkaufen, Kristine würde Geld dazugeben, und Amber und Bryn würden sich nach ihren Examen ihren Teil kaufen. Wir würden ein Wildzüchtungsprogramm ins Leben rufen, Waldläuferkurse anbieten und Drachenfliegerunterricht von den Klippen organisieren. Wie wir das allerdings genau

anstellen wollten mit unserem wenigen Geld und der mangelnden Erfahrung, war nicht so ganz klar.
Ein paar Tage nach Weihnachten gingen wir in heller Aufregung zu dem Makler in den Ort. Er hatte uns schon erwartet – ganz klar. Unsere plötzliche Entscheidung überraschte ihn keineswegs.
Wir vereinbarten, daß das Barley Lake Cottage ab Ostern angeboten werden sollte. Zwischenzeitlich war ich, da ich die einzige war, die im Tal wohnte, für die geschäftliche Abwicklung, die mit dem Kauf von Lickeen verbunden war, verantwortlich. Wir schlugen mit dem Makler ein und gingen dann auf ein paar Drinks zum Feiern. Ich war froh, eine Gelegenheit zum Sitzen zu bekommen, denn ich begann mich etwas benommen zu fühlen. Erst kürzlich hatte ich gelesen, daß ein Umzug eines der anstrengendsten Erlebnisse ist, denen sich ein Mensch unterziehen kann. Lickeen mit seinen unzusammenhängenden wilden Feldern würde nicht einfach zu kaufen sein. Die Grenzen mußten erst abgesteckt werden, und es würde ein aufwendiger Papierkrieg nötig sein. Aber jetzt war es zu spät für einen Rückzieher, und ich nippte dankbar an meinem heißen Whiskey.
Dann waren auf einmal die Feiertage vorüber. Die Familie fuhr unter leidenschaftlichen Beteuerungen, im Sommer wiederzukommen, nach Hause. Sie würden den Verputz abhauen und die ausufernden Rhododendren zurückschneiden, die ein irregeführter Reisender im neunzehnten Jahrhundert hier eingeführt hatte. Jetzt waren sie heimisch geworden und im Begriff, weite Gebiete des Landes zu überwuchern. Sie versprachen auch mit dem Umpflanzen von elf Hektar Sitkafichten anzufangen. Diese waren erst kürzlich aufgeforstet und aus unserer Sicht am falschen Platz gepflanzt worden.
Ich war nicht sonderlich erfreut, an meine Liste der zu

erledigenden Dinge erinnert zu werden. Es brachte mich mit einem beängstigenden Ruck auf die Erde zurück. Was war mit meinen Plänen geschehen, eine Phase der Einsamkeit und dichterischen Muße einzulegen, nun, da ich alleine lebte? Anstatt mein Leben zu vereinfachen, begann ich es auf spektakuläre und unglaubliche Weise zu erschweren. Der Rest der Familie würde bald zu exotischen Teilen der Erde mit fließendem Wasser fliegen, während ich hier einsam und allein saß und mich fragte, wo, um Himmels willen, ich anfangen sollte.

Nach dem Abschied saß ich in meinem stillen Cottage und betrachtete den nadelnden Weihnachtsbaum und einen Bankauszug, der bereits bedrohlich in Richtung rote Zahlen wies. Ich fragte mich einen wahnwitzigen Augenblick lang, ob vielleicht der *National Enquirer* mir meinen alten Job wiedergeben würde.

Lickeen war wunderschön. Ich wünschte mir sehr, dort zu leben, und es würde meinen Problemen mit dem Weideland ein Ende bereiten. Ich riß mich selbst am Riemen und versuchte im Moment nicht über die unzähligen Komplikationen nachzudenken, die von jetzt an mein Leben bestimmen würden. Ich hatte zwei Pferde zu füttern, und die Wiese am Barley Lake Cottage mit ihren zweitausend Quadratmetern reichte nie lang. Dank der Freundlichkeit der Nachbarn und dem Stück Land, das ich gepachtet hatte, konnten wir gerade so über die Runden kommen, aber es wurde immer schwieriger.

Mein Traum von einem disziplinierten und ordentlichen Leben hatte sich bereits lange, bevor ich Lickeen kaufte, verflüchtigt. Er begann sich in dem Moment in nichts aufzulösen, als ich das erste Mal in die tiefen dunklen Augen von Kitty schaute, meinem zweiundzwanzigjährigen ehemaligen Forstpferd.

2
Kitty & Co.

Ich hatte nie die Absicht, ein Pferd zu kaufen, und schon gar nicht eines mit Kittys furchterregenden Ausmaßen. Aber sie war etwas ganz Besonderes, eine Kreuzung aus Irish Draught und Clydesdale mit sanftem und willigem Gemüt. Den größten Teil ihres zwanzigjährigen Lebens hatte sie im Glengarriffer Forst damit zugebracht, unermüdlich Holz zu schleppen, bis sie im Zuge der zunehmenden Industrialisierung und Modernisierung überflüssig geworden war.

Es wurde mir zur Gewohnheit, auf meinen Spaziergängen Kitty mit Tom und Sam, meinen Golden-Retriever-Zuchthunden, zu besuchen. Bis Kitty in mein Leben trat, genügten sie mir als Tierbestand vollauf. Sie waren liebevolle und treue Gefährten, die sich ihren Lebensunterhalt damit verdienten, jedes Jahr einen Wurf mit perfekten Welpen zu produzieren.

Kittys Feld im Wald lag in der Nähe eines beliebten Picknickplatzes und eines kleinen Sees, so hatte sie oft viele Besucher. Es war immer ein großes Vergnügen, ihren riesigen Kopf sanft über eine Kinderhand gebeugt zu sehen, die ihr vorsichtig einen Leckerbissen reichte.

Als ich hörte, daß sie nicht länger zum Herausziehen der Stämme gebraucht wurde – von jetzt an war dies die Arbeit von Baggern und Traktoren –, begann ich mich zu fragen, was mit ihr geschehen würde. Auch sie wurde älter und begann unter gelegentlichen Lahmheitsanfällen zu leiden.

Sie hatte noch nie gefohlt und war daher auch für Zuchtzwecke nicht geeignet. Die Gerüchteküche begann zu brodeln – Kitty würde zu Hundefutter verarbeitet, oder sie würde zum Sterben zurückgelassen und danach einfach verscharrt werden. Das war ungerecht. Sie war schließlich nicht irgendein alter Traktor, den man in einem Graben zurückließ. Sie war ein gutes und für mich herzergreifend schönes Tier, das sein ganzes Arbeitsleben lang sein Bestes gegeben hatte. Es war ein Mordsvergnügen, Kittys riesigen Körper anmutig über das Feld fliegen zu sehen, wenn ich ihr einen Apfel brachte. Selbst das geschmeidigste Rennpferd in vollem Galopp konnte mit diesem Schauspiel nicht mithalten.

Vielleicht war es der Gedanke, daß sie das letzte Pferd war, das aus einer alten und edlen Familie von Arbeitsforstpferden stammte, oder es war ihr warmer süßer Geruch an einem kalten Wintermorgen, wenn die Hunde und ich sie besuchten – was es auch immer war, ich wußte, daß ich den Gedanken, sie zu verlieren, nicht ertragen konnte. Etwas mußte getan werden, denn man hatte sie anscheinend vergessen. Sie hatte den zumeist harten und kalten Winter auf ihrem Feld verbracht, auf dem nur noch wenig Gras wuchs. Jedesmal wenn ich sie sah, wirkte sie niedergeschlagener.

Ich erwähnte ihre Notlage gegenüber hilfsbereiten Bekannten, die auf der anderen Seite des Dorfes wohnten. Sie hatten viel Land und einen Wohnwagenverleih. Da sie zu Kittys regelmäßigen Besuchern gehörten, waren sie entsetzt von ihrem ungewissen Schicksal zu hören. Prompt setzten sie sich mit dem Forstamt in Verbindung und machten ein Kaufangebot. Bald darauf hatte Kitty ein schönes neues Zuhause, und wie ich hörte, sollte sie nach einem Besuch bei einem Irish-Draught-Hengst trächtig sein. Ihre Zukunft schien gesichert.

Einige Monate später erhielt ich einen unerwarteten Telefonanruf. Die Leute, die Kitty gekauft hatten, zogen zurück nach Dublin. Ihr Geschäft lief nicht gut, und sie verkauften alles. Sie wollten wissen, ob ich Kitty nehmen würde. Und so wurde ich Kittys stolze Besitzerin, die Tatsachen wie Finanzen, Weideland etc. – man braucht hier wenigstens eineinhalb Hektar pro Pferd – total ignorierte.

Mit zwanzig das erste Fohlen zu bekommen ist, gelinde ausgedrückt, unüblich. Aber wie ich noch entdecken sollte, war Kitty kein gewöhnliches Pferd. Eine durch und durch moderne Stute, hatte sie zuerst ihre Karriere gemacht, bevor sie sich der ernsthaften Aufgabe der Mutterschaft zuwandte. Es war kaum möglich, Anzeichen ihrer herannahenden Schwangerschaft zu erkennen, weil Kitty sowieso von breitem Ausmaß war und, da sie nie zuvor gefohlt hatte, ihre Muskeln noch stark ausgeprägt waren. Während dieser endlos langen Monate beobachtete ich sie ängstlich. Jeden Tag striegelte ich ihr kastanienbraunes Fell, bis es glänzte, säuberte ihre Füße mit einem Hufauskratzer und verbrachte beachtliche Zeit damit, am Zaun zu lehnen und sie zu bewundern.

Das Forstamt hatte mir das Weiderecht für Kittys altes Feld gegeben, aber manchmal verbrachte sie ihre Tage oben am Barley Lake mit mir. Dann hörte ich im Schlaf das schwere Auftreten ihrer Hufe, wenn sie nachts um das Haus herumging.

Ich hatte eine tiefe und enge Bindung zu dieser zarten Riesin und konnte mir nicht mehr vorstellen, ohne sie zu sein. Mit dem Fortschreiten ihrer Trächtigkeit stieg mein Ängstlichkeitspegel. Zu diesem Zeitpunkt war ich total unerfahren, was gebärende Stuten betraf, besonders spätgebärende. Ich wurde zur gierigen Leserin von Pferdebüchern und hatte eine beachtliche Bibliothek zusammengetragen.

Wegen des fortgeschrittenen Alters von Kitty hatte der Tierarzt vorgeschlagen, daß ich sie im letzten Monat alle vier Stunden untersuchen sollte, was ich auch tat, wobei ich meistens in einem halbschlafähnlichen Zustand herumwankte. Die Spannung war unerträglich. Normalerweise dauert die Trächtigkeit bei Stuten elf Monate, aber leider nicht immer, Kittys trieb rasch auf die Zwölfmonatsmarke zu.

Eines Nachts, als ich wieder Wache hielt und wie üblich in einem Pferdebuch las, kam ich zu dem Abschnitt, in dem der Autor gelassen anmerkte, daß Stuten manchmal während der Geburt ihre Gebärmutter ausstoßen. Sollte dies passieren, riet er vernünftigerweise, sollte man einfach das widerspenstige Organ in ein sauberes Tuch hüllen, den Tierarzt anrufen, der es einfach wieder hineinschieben würde. Kein Problem.

Außer einem: dieser nützliche Tip kam von einem Tierarzt aus Newmarket, der die Vorteile eines zentralgeheizten Stalles, elektrischen Lichts und einer Schar hilfreicher und erfahrener Stallburschen, die ihm halfen, für sich in Anspruch nehmen konnte. Ich hingegen hatte einen kalten, dunklen und vermutlich verregneten Berg und eine Taschenlampe, die immer streikte, wenn sie gebraucht wurde. Unter solchen Bedingungen ein sauberes Tuch zu finden, geschweige denn ein Telefon, könnte sich als schwierig herausstellen.

Beschloß nun Kittys Gebärmutter, bei diesem ersten Mal herauszufallen, würde es sich zweifellos nicht um die zierliche Rennpferdsorte handeln, die der Autor gewöhnt war. Ihrer riesigen Körperfülle entsprechend würde sie vermutlich die Größe eines Eßtischs haben. Ich schlug das Buch zu und verstaute es unter einem Riesenberg von Bügelwäsche, wo es vermutlich nie mehr gefunden werden würde.

Die ganze Geschichte dauerte nun schon so lange, daß ich sicher war, daß Kitty an einer Art wohlgeplanter Scheinschwangerschaft litt. Stuten sind, wie man mir immer wieder erzählte, dafür bekannt, in diesen Angelegenheiten unberechenbar zu sein. Eines Morgens, auf meinem Weg nach Bantry, hielt ich an, um sie zu füttern. Ich war spät dran, und Kitty stand nicht am Gatter und wartete, wie sonst üblich. Ich fühlte, wie ich unsicher wurde, stapfte über das Feld und verjagte die Mücken, die mich umschwärmten. Ich rief sie und klapperte mit dem Futtereimer, aber es kam keine Reaktion.

Dann rutschte ich aus und fiel beinahe flach auf mein Gesicht, und zwar auf einer riesigen Nachgeburt, die Kitty strategisch auf dem Weg plaziert hatte. Das konnte nur eines bedeuten. Ich überblickte hektisch das Feld, und schließlich sah ich etwas, das so aussah wie zwei Pferde unter einem Baum. Eines von ihnen war Kitty, das war klar, aber das andere konnte doch wohl kaum ein Fohlen sein, oder? Es schaute zu groß aus, ungefähr so groß wie das Nachbarspony, das manchmal Kitty einen spontanen Besuch abstattete. Ich spurtete los, wurde mir aber der Feierlichkeit der Situation bewußt, und es gelang mir, meine Geschwindigkeit zu drosseln und langsam zu gehen. Als ich mich besagtem Baum näherte, sah ich, daß es sich wirklich um ihr Fohlen handelte. Es war ein taumelndes, wackeliges, leuchtend kastanienbraunes Hengstfohlen mit Kittys weißer Blesse und einem elchgroßen Kopf. Es war mit Blut bedeckt und konnte noch nicht lange auf dieser Welt sein, aber schon stand es auf seinen unglaublich langen Beinen und saugte begeistert.

»Kluges altes Haus«, flüsterte ich und war von Ehrfurcht ergriffen.

Kitty bewegte ihren Schweif, als das Fohlen gierig in ihren

schwellenden Euter stieß, und sah träumerisch in die Weite. Ich schluckte schwer und grinste idiotisch vor mich hin. Es war perfekt und so wunderschön. Ich nannte es Anlon, was »Großer Champion« bedeutet. Anlon war der Bruder des berühmten Brian Boru, König von Munster im elften Jahrhundert, und war zu seiner Zeit ein mächtiger Krieger gewesen. Es schien die passende Namenswahl für diesen stämmigen Kerl zu sein.

Ich fühlte mich immer schon zu der unbekannten Welt der Tiere hingezogen, in der keine großen Worte nötig sind, um etwas auszudrücken. Vor Kitty hatte sich allerdings meine Erfahrung mit größeren Tieren auf die gelegentlichen Eselsausritte am Strand von Blackpool oder ein Pferdetrekking über die amerikanische High Sierra beschränkt. Das hatte wenig dazu beigetragen, mich auf die robuste Lebendigkeit eines Hengstfohlens vorzubereiten.

Anlon wuchs mit alarmierender Geschwindigkeit, und sein Appetit paßte sich schnell dem seiner Mutter an. Sein stürmisches Temperament hatte Kitty, die sich normalerweise gesetzt und würdevoll verhielt, in eine Art zweite Kindheit zurückversetzt. Die beiden flogen auf der Weide umher und spielten stundenlang Foulspiele mit Treten, Kicken und Stoßen.

Als Anlon neun Tage alt war, wurde er mit Kitty zu seinem Vater, dem Hengst Silverstone, gebracht. Alle Stuten sind kurz nach der Geburt rossig. Dieser Zeitpunkt wird von Züchtern als ideale Deckzeit empfohlen, und ich wollte dringend ein weiteres Fohlen von Kitty. Anlon genoß dieses Erlebnis nicht besonders, aber Kitty mußte mindestens eine Woche bei dem Hengst bleiben, und er war zu jung, um allein gelassen zu werden. Die amourösen Aufmerksamkeiten seines Vaters der angebeteten Mutter gegenüber gefielen ihm überhaupt nicht. Anstatt, wie normalerweise üblich,

während des Deckungsakts mit einem Führseil nahe bei seiner Mutter gehalten zu werden, versuchte Anlon seinen Riesenvater in den falschen Momenten vor den Kopf zu stoßen, bis er schließlich in eine separate Pferdebox gesperrt wurde.
Als Anlon sechs Monate alt war, kam er in seine, wie ich es nannte, Sturm-und-Drang-Phase. Er war wild, eigensinnig und dickköpfig, und es machte ihm einen Riesenspaß, urplötzlich hinter mir herzudonnern, wenn ich mir vorsichtig mit einem Futtereimer in der Hand meinen Weg über das Feld bahnte. Ich fuhr wie von der Tarantel gestochen hoch, während er mit einem übermütigen Zurückwerfen seiner roten Mähne davonstob.
Sicherlich machte meine Unkenntnis dieser Fohlentaktik die Sache noch viel pikanter für ihn. Ich lernte schnell, daß man Pferde kaum täuschen kann. So sehr ich auch versuchte, ihnen gegenüber die Überlegene zu spielen, durchschauten sie mich und benützten meine Unsicherheit zu ihrem eigenen Vorteil.
Ich war nicht Anlons einziges Opfer. Tom wurde bald zu einer beliebten Zielscheibe. Die Hunde kamen immer mit, wenn ich die Pferde fütterte, und kein Tier nahm außer einem gelegentlichen Abschnuppern vom anderen Notiz. Tom wirkt oft schwermütig, wenn man nach dem ernsten Ausdruck in seinem Gesicht und seiner bewegungslos verharrenden Gestalt geht. Immer wenn Tom nachsinnend in einer Ecke des Feldes saß, während ich die Pferde fütterte, pirschte sich Anlon heimlich an ihn heran und erschreckte den armen Hund mit einem Kopfstoß. Dann manövrierte er ihn in eine Ecke, in der Tom gefangen saß, bis ich ihn befreite. Sam, die von ganz anderer Art ist und einen viel leichtfertigeren Charakter hat, obwohl sie bereits Mutter von 38 Kindern ist, hatte keine derartigen Probleme. Sie

behielt Anlon immer vorsichtig im Auge und schien zu wissen, daß diese wilde Phase irgendwann einmal vorbeigehen würde.

Als Anlon heranwuchs, entwickelte er sich zu einem stolzen und schönen Tier. Die Entwöhnung von seiner Mutter war mit sechs Monaten erfolgt – eine traumatische Erfahrung, in der Mutter und Fohlen für zwei Wochen getrennt sein müssen –, aber trotzdem grasten sie normalerweise zusammen. Ich verkaufte Anlon an eine deutsche Familie, die sich in ihn verliebt hatte und plante, im nächsten Jahr nach Irland umzusiedeln. Währenddessen konnte ich weiter für ihn sorgen. Ging ich mit ihm an der Führleine – die Grundlage für ein zukünftiges Training –, war es die reine Freude, wenn er stolz neben mir herschritt. Das war natürlich nur an solchen Tagen, an denen er nicht versuchte, mich wegen irgendwelcher für ihn wichtigen Dinge hinter sich herzuziehen.

Falls Kitty nach ihrem zweiten Besuch beim Hengst trächtig geworden sein sollte, hoffte ich auf ein Stutfohlen, damit ich weiterzüchten konnte. Den Stammbaum Kittys aufrechtzuerhalten, wurde zunehmend wichtiger für mich. Es gab keinen Zweifel daran, daß dieses schwerfüßige Tier mein Leben verändert hatte. Ich sprach wissend über verarmtes Weideland, Hufrehe (Laminitis), Koliken, begann zu Pferdemärkten zu gehen und von weiteren Käufen zu phantasieren. Und ich verschlang jede Woche das *Farmer's Journal,* vor allem den Teil mit den Pferdeanzeigen.

Dank Kitty war ich gut vorbereitet, als Lickeen ins Blickfeld geriet.

3
Besitzerstolz

Die Abwicklung des Kaufs von Lickeen mit dem Riesenland stellte sich als genau so schwierig heraus, wie ich vermutet hatte. Je nach vorliegender Karte erschienen oder verschwanden hektarweise Land. Anfang Februar begann die Suche nach dem genauen Eintrag beim Grundbuchamt, als ich bereits in längeren Verhandlungen über den Preis mit dem Makler und dem Besitzer von Lickeen stand. Letzterer wohnte in Wexford und hatte das Land von seinem früheren Bewohner, seinem Onkel, geerbt, der im gesegneten Alter von sechsundachtzig gestorben war. Zwei Jahre zuvor, als er nicht mehr daran glaubte, daß irgend jemand auf diesem Stück Land leben wollte, hatte er elf Hektar mit Sitkafichten bepflanzen lassen. Diese robusten Nadelbäume kümmern sich mehr oder weniger um sich selbst, und viele kleine Bauernhöfe, die nicht mehr wirtschaftlich arbeiteten, gingen an sie verloren.

Schließlich einigten wir uns auf einen Preis, der auch den heruntergekommenen Zustand des Hauses berücksichtigte. Das Land war auch schlecht, wenn man nicht ein Leben lang darauf warten wollte, daß der Wald um einen herum wuchs, was nicht meine Absicht war. Auf jeden Fall würde es noch mindestens zwei Jahre dauern, bis ich das frühere Weideland wieder bearbeiten konnte. Die Pflanzung der Sitkafichten war staatlich subventioniert, und die letzte Zahlung an die Baumschule sollte 1995 erfolgen. Dann würden die

Bäume auf uns übergehen. Über diese Verzögerung war ich nicht unglücklich, denn mir war damals schon klar, daß ich bis dahin mehr als genug beschäftigt sein würde. Währenddessen würden die Pferde genug wildes Weideland haben.

Von Februar bis Anfang April zog sich die Zeit schier endlos hin. Anwälte ordneten und prüften Dokumente, und Landvermesser gaben Berichte ab. Ein Feld mit zwei Hektar war auf einigen Karten eingetragen, auf anderen nicht. Mehrere Tage verbrachte ich damit, auf dem Land herzumzugehen, um festzustellen, ob dieses Feld überhaupt existierte. Aber es war da. Der Anwalt erklärte mir, daß der Hof früher größer gewesen und stückweise Land verkauft worden sei und daß dies der Grund für die Abweichungen auf den Karten sei.

Der Gedanke daran, dieses wilde und liebliche Land zu besitzen, weckte mich manchmal mitten in der Nacht auf, und ich lag da mit einer Mischung aus Ehrfurcht und Panik. Ich durchlebte Momente tiefsten Zweifels an meiner eigenen Zurechnungsfähigkeit, und ich machte mir immer mehr Sorgen über meine Zukunft als Schriftstellerin. Es würden sehr viele Arbeiten an dem alten Bauernhaus anfallen, beginnend mit dem Herabschlagen des alten Verputzes. Ich konnte mir nicht vorstellen, daß da noch viel Zeit für schöpferische Phasen übrigblieb. Die finanzielle Situation war wie sie war, und ich hatte bereits beschlossen, so viel schwere Arbeit wie möglich selbst zu erledigen.

Wenn mich Leute fragten – was oft geschah –, warum ich mich auf solch ein verwegenes Unternehmen eingelassen hatte, wußte ich nie genau, was ich darauf antworten sollte. Ich war mir nur über eines im klaren, und das war, daß ich Lickeen mehr als alles andere auf der Welt, was ich je haben wollte, begehrte. Es gab Zeiten, in denen ich glaubte, daß

Lickeen mich auserwählt hatte, und nun, da es mich gefunden hatte, nicht mehr loslassen würde.
Abgesehen davon, daß ich die Lickeen betreffenden Dokumente bearbeiten mußte, durfte ich auch nicht vergessen, das Barley Lake Cottage verkaufsfertig zu machen. Wir hatten für den Verkauf Lickeens einen Abschlußtag zum 16. Juni vorgesehen, bis zu diesem Datum mußte alles bezahlt sein. Also war es wesentlich, daß das Barley Lake Cottage so schnell wie möglich verkauft wurde. Es war mein einziger Aktivposten.
Ich strich die Wände innen und außen und richtete den Garten her. Wenn man Pferde hat, braucht man sich nicht um Rasenmähen und dergleichen zu kümmern. Kitty und Anlon hatten beide hervorragende Arbeit geleistet und alles niedergehalten.
Endlich war ich fertig. Das Barley Lake Cottage strahlte einladend, und genauere Einzelheiten über mein gemütliches kleines Heim begannen bei potentiellen Käufern die Runde zu machen. Nach und nach kamen Leute, um es sich anzuschauen, an einem Wochenende kamen drei verschiedene Familien. Dann kam eines Morgens ein freundliches junges deutsches Paar, und ich fühlte, daß das Barley Lake Cottage neue Eigentümer gefunden hatte.
Ich führte sie herum und erkannte nur zu gut den hingerissenen und verzückten Ausdruck in ihren Augen wieder. Sie waren geködert! Bereits am nächsten Tag machten sie mir ein Angebot, das ich nach einigem Überlegen annahm. Es war zwar fünftausend Irische Pfund weniger als der Preis, den ich verlangt hatte, aber es war immer noch akzeptabel, und ich wußte, daß keine Gefahr bestand, daß diese beiden zurücktraten. Ich bat um den Abschlußtag zum 16. Juni in der vergeblichen Hoffnung, daß der Verkauf vom Barley Lake Cottage mit meinem Kauf von Lickeen koordiniert

werden konnte. Aber in Wirklichkeit erwartete ich nicht, daß alles reibungslos ablaufen würde. Erfahrungsgemäß geschieht dies nur selten. Wahrscheinlich würde ich ein hochverzinstes Überbrückungsdarlehen aufnehmen und mich noch mehr in die roten Zahlen bei der Bank begeben müssen.

Es waren einige seltsame Wochen, in denen ich in meinem kleinen Haus, das ich so sehr liebte, herumlief und wußte, daß es nicht mehr wirklich mir gehörte. Ich würde das Barley Lake Cottage vermissen, aber mehr als alles andere wollte ich in Lickeen sein.

Der Mai war, wie so oft in West Cork, ein wunderbarer Monat: ruhig, mild und die Hecken übersät mit duftenden Weißdornblüten. Nachts, wenn ich im Barley Lake Cottage schlief, träumte ich von Lickeen und wie es sein würde, wenn ich dort lebte, und seine Stille und Stimmungen geisterten in meinem Kopf herum.

Aber, wie ich mir bereits gedacht hatte, ging der Verkauf vom Barley Lake Cottage nicht so einfach über die Bühne, wie ich es erhofft hatte. Ein wichtiges Schriftstück war verlorengegangen, und nun sah es so aus, als ob es mindestens August werden würde, bevor die Transaktion abgeschlossen werden konnte. So holte ich tief Luft und arrangierte den Überbrückungskredit. Ich war bereit weiterzumachen.

Die Verträge wurden würdevoll im Notarsbüro gewechselt. Ich war so aufgeregt, daß ich zum Vergnügen meines Anwalts meinen Namen falsch buchstabierte. Mich interessierte noch nicht einmal mehr mein Darlehen. Morgen würde ich zum ersten Mal den Hohlweg entlanggehen und wissen, daß, so weit das Auge reichte, das Land uns gehörte – mir, Amber, Bryn und Kristine. Es war ein etwas peinlicher Gedanke, weil ich meinerseits immer gewisse Vorbehalte gegenüber Landbesitz gehabt hatte. Ich war zu der Überzeugung gelangt, daß Dinge wie Land und Kinder nur geliehen sind und uns nur für einen gewissen Zeitraum zur Obhut überlassen werden, und daß wir das Beste daraus machen müssen, um unserer Verantwortung Genüge zu leisten.

Es war nicht einfach, in dieser Nacht Schlaf zu finden. Ich warf mich ruhelos im Bett umher, und noch vor Helligkeit am nächsten Morgen stand ich auf, zog mich an und machte mich fertig. Als der Morgen über das Tal dämmerte, stapfte ich über den holprigen Weg nach Lickeen, einen Rucksack mit den unentbehrlichen Vorräten über die Schulter geworfen und eine kleine Axt in der Hand.

4
Die Arbeit mit der Axt

Aus verläßlicher Quelle hatte ich erfahren, daß eine Axt das beste Werkzeug war, um die vielen Tonnen von Verputz von meinem neuen Zuhause zu entfernen. Das sollte meine erste Aufgabe für die kommenden Wochen sein. Es mußte vor der Schlechtwetterperiode geschehen, und es sah ganz so aus, als ob es viel Zeit in Anspruch nehmen würde. Weil der Verkauf vom Barley Lake Cottage immer noch nicht endgültig abgewickelt war, hatte ich wenigstens eine zivilisierte Unterkunft, was auch gut so war. Ich hatte das Gefühl, daß Lickeen für die nächste Zeit nicht gerade das, was man gemütlich oder gar wohnlich nennt, sein würde.

Im Tal war es noch ruhig. Nebelschwaden zogen langsam über die zerklüfteten Gipfel der entfernten Cahaberge, und der Boden war feucht und weich vom schweren Tau. Ich führte Kitty den Hohlweg hinauf. Ihr zweites Fohlen sollte im September zur Welt kommen, und sie sollte ihren Teil tun, die üppige Vegetation abzugrasen. Anlon war zu seinem großen Mißvergnügen im Garten vom Barley Lake Cottage zurückgelassen worden, wo die beiden ein paar Tage verbracht hatten. Kein Feld in Lickeen war eingezäunt, und er hätte sich mit Sicherheit verlaufen. Kitty war ein ganz anderes Kaliber. Solange Gras vorhanden war, wußte ich, daß sie nahe beim Haus bleiben würde.

Tom und Sam rasten ekstatisch in einem Zustand der Vorfreude herum, dem sie gelegentlich frönen. Hier war ein total neues Gebiet mit Höhlen, Steinen und Gruben, und es gehörte alleine ihnen. Ich fühlte mich auch ein bißchen so – eifrig und enthusiastisch eine ganz neue Welt zu erforschen.

Dann hielt ich plötzlich an und blickte ungläubig um mich herum. Es war so, als ob ich diesen riesigen, vernachlässigten Teil des Landes zum ersten Mal sehen würde – *richtig* sehen würde. Meine Heiterkeit verging, und zurück blieb ein Gefühl der Hilflosigkeit und der totalen Unzulänglichkeit.

Was, in Gottes Namen, tat ich hier? Eine Frau und eine Axt gegen diese ungezähmte Wildnis? Ich hatte ganz klar zweieinhalb Hektar mehr zu mir genommen, als ich verkraften konnte. Mein Herz begann zu klopfen, und ich konnte meinen Puls rasen fühlen. Das war ein beginnender Angstanfall, und es war ein Wunder, daß er nicht schon vorher aufgetreten war. Ich würde es nicht schaffen. Ich wollte nur wegrennen, und zwar so weit und so schnell wie möglich.

Fragen, die ich wochenlang gekonnt verdrängt hatte, forderten plötzlich ihren Tribut. Wie würden wir die Baustoffe den Weg heraufbekommen, der einen halben Kilometer lang war und unwirtlich genug, um einen Panzer das Fürchten zu lehren? Was war mit dem Wasser? Für das Zementmischen braucht man eine ganze Menge. Vom Fluß zum Haus mit einem vollen Eimer bedeutete einen langen Marsch. Und hinzu kam, daß ich trotz all dem vielen Land das Problem mit dem Weideland immer noch nicht gelöst hatte. Die Weiden auf Lickeen waren mit tiefen Gräben durchzogen, die bei der Pflanzung der Sitkafichten gegraben worden waren. Sie schauten aus wie Autobahnen ins Nichts und waren potentiell gefährlich für junge Tiere wie z. B. Anlon. Warum hatte ich vorher nicht daran gedacht? Und während ich im etwas verspäteten Selbstmitleid zerfloß, konnte ich auch gleich noch zugeben, daß mein neues Zuhause sogar

für meine ziemlich anpassungsfähigen Anforderungen unbewohnbar war.
Ich konnte nichts anderes sehen als eine Zukunft mit knochenbrechender Arbeit, Rechnungen und noch mehr Knochenarbeit. Ich hätte eine nette, ruhige Midlife-crisis haben können oder in einer stressigen Redaktion arbeiten können. Ich hätte in einem gestylten 1-Zimmer-Apartment über einem Friseur wohnen können, anstatt hier draußen zu sein und Königin der Berge zu spielen. Ich war verrückt.
Kitty schaute mich fragend an, weil wir auf einmal anhielten, und dann begann sie an einem handlichen Busch Fuchsien zu kauen. Die Hunde verbrachten die Zeit damit, abwechselnd einen bereits verwesten Dachs, den sie entdeckt hatten, herumzurollern und zu schubsen. Wenigstens schien Lickeen für einige Lebewesen die Erwartungen zu erfüllen, dachte ich mürrisch.
Eine geschmeidige junge Amsel ließ sich gemütlich auf einem nahe gelegenen Weißdornbusch nieder, breitete ihre glänzenden Flügel aus und riß ihren kleinen Schnabel auf, so weit sie konnte. Sie schmetterte einem neuen Tag einen jubilierenden Willkommensschrei entgegen. Ihr Lied verkündete eindeutig Lieblichkeit und Helle, aber meine Stimmung war derart düster, daß ich am liebsten einen Stein nach ihr geschmissen hätte, um sie zum Schweigen zu bringen. Aber ich besann mich eines Besseren. Wahrscheinlich hatte sie sowieso recht. Es gab nichts weiter zu tun, als einen Schritt vor den anderen zu setzen und vorwärtszukommen.
Kittys neu beschlagene Hufe hörten sich befriedigend solide an, als wir die alte Brücke überquerten, die aus massiven, quadratischen Steinplatten bestand. Neben uns plätscherte und gurgelte der Fluß. Die Straße teilt sich an diesem Punkt und führt in einen kleinen dunklen Wald voll mit alten

Eichen, die mit Moos und Farnen bewachsen sind. Dann führt sie steil den Berg hinauf, wo das Land offen und hell ist und bewachsen mit gelbbraunen *fionnàn** und gelbem Ginster, der nach Kokosnuß riecht. Der Fluß wird hier dunkler und raunt seinen Weg durch die riesigen Felsen, die Jahrtausende vorher hier zum Ruhen kamen, als die Eiszeit aufhörte und Irlands riesige Rentiere noch auf diesem Land wanderten.

Manchmal kann man hier, wo nie ein Meer schäumte, Muscheln und versteinerte Fische finden. Das kommt daher, weil in vergangener Zeit, als solche Dinge noch möglich waren, eine Riesin mit wildem roten Haar, das über den Boden fegte, hier lebte. Sie war eine einsame Gestalt, die die Gesellschaft der winzigen menschlichen Lebewesen, die unten lebten, mied. Nachts, wenn niemand sie sehen konnte, besuchte sie das nahe liegende Meer. Ihre einzige Leidenschaft im Leben waren Fische, jegliche Art von Fischen, die sie in riesigen Mengen verschlang. Wenn sie auf ihren einsamen Wanderungen durch die Berge war, ließ sie die heruntergefallenen Gräten einfach achtlos liegen.

Die linke Abzweigung des Wegs geht steil hinauf zum Haus. Früher oder später wird alles steil in dieser Region. Hier beherrscht eine riesige, dunkle Klippe den Weg. Wenn es viel regnet, stürzen Wasserkaskaden ihre steile Seite herab und überfluten den Weg.

Als ich das erste Mal diesen vorzeitlichen Riesenfels erblickte, erinnerte ich mich daran, ein verstohlenes, wiedererkennendes Lächeln auf den Lippen gehabt zu haben, als ob man einen alten Ort aufsucht, und entdeckt, daß ein bekannter und vielgeliebter Gegenstand noch da ist. Es war

* Nur in Irland vorkommende Grasart, wörtlich übersetzt: Das Gras, das weiß wird.

eine eigenartige Reaktion, und ich habe sie nie voll verstanden.
Als ich an meinem ersten Morgen als Eigentümerin an der Klippe vorbeiging, hatte ich das überwältigende Gefühl eines Déjà-vu-Erlebnisses. Unzählige Pferde, die wie Kitty aussahen, waren über die kleine Steinbrücke getrottet. Männer und Frauen, die sie hüteten, gingen geduldig nebenher und dachten vielleicht darüber nach, wie sie ein schwieriges Feld urbar machen könnten, oder sie überlegten, welcher Nachbar ihnen helfen würde, ein neues Dach für den Stall zu bauen. Es gab wirklich nichts Neues mehr auf dieser Erde, stellte ich fest und fühlte mich irgendwie durch diese Offenbarung besser.
Nachdem ich die letzte Biegung des Weges gemeistert hatte und schließlich vor dem alten Haus stand, wurde mein wiedergewonnener Sinn für Optimismus ernstlich geprüft. Es schaute viel schlimmer aus, als ich es in Erinnerung gehabt hatte. Verrottete Fensterrahmen und derangierte Türen hingen wie verrottete Zähne in den Angeln des herabfallenden Verputzes. Wo die Fensterrahmen den ungleichen Kampf aufgegeben hatten und einfach herausgefallen waren, waren sie durch Maschendraht ersetzt worden, der gefährlich über die Öffnungen genagelt worden war. Diese Atmosphäre hoffnungslosen Verfalls wurde weiterhin verstärkt durch den Frühsommerwuchs von Binsengräsern, Unkraut und Unmengen von Dornengestrüpp, die das Haus überwucherten. Die drei majestätischen Bergahorne, die die längliche Seite des Hauses umgaben, hatten ihre gewundenen Baumkronen schon halb über die Dachschiefer ausgebreitet, und der Schornstein hatte in der Mitte einen Riß und schaute aus, als ob er jeden Moment durch das, was vom Dach noch übriggeblieben war, durchbrechen würde.

Ich band Kitty an einem Baum fest, legte Axt und Rucksack nieder und ging auf das Haus zu. Ich löste einen Maschendraht vom Fenster, wobei ein beachtlicher Teil des Fensterrahmens gleich mit entfernt wurde. Die Hunde beobachteten mich neugierig. Dann hob ich einige große Steine von einem Platz zum anderen und hackte mit der tödlich gebogenen Hacke, die ich bei einem vorherigen Besuch mitgebracht hatte, einiges Dornengestrüpp ab. Ich trat einen Schritt zurück, um meine Arbeit zu bewundern, und merkte schnell, daß angesichts des Verfallzustandes kein Unterschied zu sehen war.

Das Haus war ungefähr hundertachtzig Jahre alt. Es hatte zwei Stockwerke mit einem niedrigen Schieferdach, das, wie ich vermute, einmal reetgedeckt gewesen war. Vorne waren fünf Fenster, hinten keines, dazu ein nahezu ganz eingefallener Vorbau, von dem aus eine noch intakte Tür in die Küche führte. Die wackelige Hintertür war so verrottet, daß die Hunde unten durchkriechen konnten. Der Verputz war verwaschen und gesprungen. Dahinter allerdings kam verlockendes Mauerwerk zum Vorschein. Wenn die Steinarbeit überall so gut war, wollte ich sie freilegen, so wie es früher, als das Haus gebaut wurde, gewesen war.

Hinter dem Haus, nahezu gänzlich verborgen hinter riesigem Dornengestrüpp, standen die Ruinen der Außengebäude – ein alter Steinstall und ein winziges Cottage mit nur einem Raum. Das war das erste Gebäude auf Lickeen gewesen und wurde auf ungefähr vierhundert Jahre geschätzt. Daran war ein noch kleinerer Stall angebaut. Keines dieser Gebäude war in den letzten Jahren genutzt worden. Bäume wuchsen durch die Lehmböden, und dicker knorriger Efeu schlang sich besitzergreifend um das abbröckelnde Mauerwerk. Eines Tages würden meine Tiere darin untergebracht werden, sprach ich beherzt zu mir selbst.

Ich machte Kitty frei und ließ sie laufen. Sie begann, begeistert zu grasen. Die Hunde waren eingeschlafen und lagen ausgestreckt unter einem der Bergahorne, erschöpft von den Aufregungen des Morgens. Zweifelsohne träumten sie von dem derangierten Dachs und den Besuchen, die sie seinen Überbleibseln in der Zukunft abstatten würden.
Es half alles nichts, ich konnte das Ereignis des Tages nicht noch länger hinausschieben. Ich war gekommen, um den Verputz abzuhacken, und – Gott weiß – es war genug davon da. Ich nahm die Axt und bewegte mich in Richtung Giebelwand, eine gute Stelle für den Anfang. Die Mauer türmte sich vor mir auf, aber ich hackte einfach mit der Axt drauflos.
Das Echo dieses ersten Schlags tönte ermutigend durch das Tal. Ein Klumpen Mörtel in der Größe eines Enteneies fiel vor meinen Füßen auf den Boden. Nun, zumindest war dies ein Anfang. Ich holte Luft zum zweiten Schlag. Dann fingen die Mücken an zu stechen.

5
Es werde Licht

Ein geschundener Reisender in diesen Teilen des Landes bemerkte einmal, daß die West-Cork-Mücke eine Kreuzung zwischen Insekt und Piranha sei. Wenn sich eine Wolke dieser winzigen, blutsaugenden Tierchen ausgehungert auf einem niederläßt, dann ist der Wahnsinn nicht mehr weit. Es liegt etwas sehr Unsportliches in dieser Form des Angriffs. Leise und praktisch unsichtbar arbeiten sie sich unbemerkt in Kleider und Haare vor, bis man plötzlich wie verrückt um sich schlägt.

Ich entdeckte, daß die einzige Art und Weise, dieser Biester Herr zu werden, ein rasantes Arbeitstempo war, so daß die riesigen Staubwolken eine Art Schutzschild darstellten.

Am frühen Vormittag hatte ich eine Stelle in der Größe eines normalen Eßtisches freigelegt, und mein rechter Arm war schwer wie Blei. Aber das Mauerwerk, das langsam zum Vorschein kam, war spektakulär.

Ich beschloß, daß es höchste Zeit für eine Pause war, und legte die Axt nieder. Ich machte mir mit dem Campingkocher, den ich im Rucksack mitgebracht hatte, einen riesigen Becher Tee. Nachdem ich nach Kitty gesehen hatte, trank ich meinen Tee und setzte mich auf die Klippe, die sich jäh neben dem Haus erhob, und gönnte mir einen ausschweifenden Blick über das Tal. Gegen diesen großartigen Hintergrund wirkte das Projekt Lickeen gar nicht mehr so abschreckend.

Kitty kam nicht herangetrabt, wie sie das sonst tat, wenn ich nach ihr pfiff, und in den umliegenden Feldern war keine Spur von ihr zu entdecken. Also sagte ich mir, daß sie wohl auf mich wartete, bis ich meine Pause beendet hatte. Ich wußte auch, daß sie nicht weit gegangen sein konnte. Ich kletterte über einen Berg Schutt und ging durch die Überbleibsel der Hintertür, um den Kocher anzustellen.

Kitty schien die ganze Küche auszufüllen. Sie hatte es sich gemütlich gemacht, und während sie vor sich hin döste, flatterten ihre gummiartigen Lippen im Takt mit ihrem Atem. Das war eine Unart, die ich ihr sofort abgewöhnen mußte. Wenn ich es jetzt nicht tat, würde es in der Zukunft schwierig sein, Kitty zu zeigen, welches ihr Stall war und welcher meiner.

Vielleicht war sie in der kühlen dunklen Küche auch nur auf der Suche nach einer Zuflucht vor den wahnsinnig machenden Insekten gewesen? Ich mußte zugeben, daß mir ihre massive Gestalt dort gefiel. Es gab dem Raum eine bewohnte Atmosphäre. Ich rechtfertigte leidenschaftlich – was oft vorkommt, wenn Kitty gemeint ist –, daß sie in ihrem Alter und wieder trächtig zu einem kleinen ungestörten Nickerchen berechtigt war.

Ich ging auf Zehenspitzen um ihren dahingestreckten Körper herum und zündete den Gaszylinder unter dem Wasserkessel an. Ich wußte aus Erfahrung, daß es ewig brauchen würde, bis das Wasser kochte, und so hatte ich viel Zeit, mich im Fluß zu waschen und nach der Post zu schauen. Als ich den Wagen des Briefträgers auf der Waldstraße gesehen hatte, erinnerte ich mich daran, daß ich mit gewissem Bangen auf eine Nachricht gewartet hatte. Er übergab mir einen geschäftlich aussehenden Brief.

Ich wußte, daß die Installation von Elektrizität teuer werden würde. Das Haus war ein gutes Stück von der Hauptstraße

entfernt, auf der die Telegraphenmaste standen. Aber trotzdem war ich nicht auf die Zahlen gefaßt, die vor meinen Augen verschwammen, als ich den Brief öffnete. Über fünftausend Irische Pfund. Irgendwo mußte ein Fehler vorliegen. Augenscheinlich hatten sie mich mit jemand anderem verwechselt, der aus nur ihm erklärlichen Gründen eine Verbindung von West Cork zum australischen Hinterland benötigte. Ich setzte mich erst mal hin, den Brief noch umklammert, und blickte düster in eine Zukunft voll rauchender Öllampen und tropfender Kerzen.
Mein Retriever Tom erschien plötzlich aus dem Nichts und legte seinen großen und mitfühlenden Kopf auf mein Knie, wie er es immer tut, wenn er merkt, daß ich aufgewühlt bin. Abwesend rubbelte ich seine seidigen Ohren. Der erste Tag, noch nicht mal Mittagszeit, und das Unheil war bereits über mich hereingebrochen. Ich saß auf dem Grasrand zur Waldstraße, die an Lickeen vorbeiführt, lehnte an meinem Wagen, streichelte Tom und versuchte eine Art Notplan aufzustellen. Vielleicht ein Generator? Aber die waren teuer, sehr laut, und man hörte immer wieder, daß sie zusammenbrachen.
Und was würde aus meinem Schreibcomputer? In der Sicherheit des kurz bevorstehenden Verkaufs vom Barley Lake Cottage hatte ich mir einen gekauft, und meine komplette Sammlung an altersschwachen Schreibmaschinen in Zahlung gegeben. Ich war mir bei diesem Handel so zielstrebig, ja erwachsen vorgekommen. Anstatt dreißig Meilen zum nächsten Fotokopierer nach Bantry zu fahren, falls jemand ein Duplikat von meinen Artikeln haben wollte, war ich so in der Lage, sie zu speichern. Außerdem müßte ich nicht länger vom Aussehen meiner Arbeiten peinlich berührt sein. Die Zeilen waren nie ordentlich abgesetzt und die Buchstaben unklar und verschwommen, was einen Text

hervorbrachte, von dem man erwartete, daß unter ihm stand: »Widerwärtig, gezeichnet Tunbridge Wells.« Aber wo lag der Wert eines Schreibcomputers ohne Strom? Ich würde nicht in der Lage sein, überhaupt schreiben zu können. Gerade als ich zu diesem niederschmetternden Schluß gelangte, kam ein junges fröhliches Pärchen des Wegs. Ich nahm an, daß es sich um Touristen auf ihrem Weg zum Barley Lake handelte. Sie schienen nicht sonderlich überrascht zu sein, mich, Selbstgespräche führend, im Graben gekauert zu sehen. Sie trugen die gleichen riesigen Rucksäcke, die gleichen soliden Wanderschuhe und strotzten vor Gesundheit. Die Hunde hießen sie in unserer Ecke des Tals mit ihrer üblichen Begeisterung willkommen. (Das ist eine Aufgabe, die sie ziemlich ernst nahmen. Sie stürzten sich auf jeden Besucher, als ob er ein lang vermißter Freund wäre. Sie benahmen sich so, als ob es ihnen das Herz brechen würde, wenn sie noch einen weiteren Tag getrennt wären.) Das Pärchen war entzückt.

»Dies sind so wunderbare Hunde«, gurrte das Mädchen. »Bitte, was für eine Rasse sind sie?«

Es war wahrscheinlich ein deutsches Pärchen. Die letzte Zeit kamen immer mehr deutsche Besucher hierher. Ich sagte, daß es sich um Golden Retriever handelte, und erklärte, wie die Zucht entwickelt wurde, um gutaussehende und ausgeglichene Jagdhunde zu bekommen. Ihr überragender Spürsinn war das Ergebnis einer einmaligen, seinerzeitigen Kreuzung mit einem Bluthund. Ich vergaß zu erwähnen, daß diese erbliche Technik im Falle Toms sozusagen für die Katz war, weil er seit Kindesbeinen an davon überzeugt war, daß Socken, die er mit großer Sorgfalt aus Gummistiefeln zog, in Wirklichkeit Fasane waren.

Das Pärchen hörte mit gespannter Aufmerksamkeit zu, was ich mit voller Befriedigung vermerkte. Bevor ich es realisier-

te, saßen sie neben mir im Gras und fragten mich über mein Leben hier aus und wo und wie ich wohnte. Ich antwortete so gut ich konnte.
Sie sahen sich so gleich wie zwei Kerne in einem Apfel. Beide hatten glattes, seidiges, blondes Haar, strahlendblaue Augen und abgesehen von den zärtlichen Blicken, die sie sich unentwegt zuwarfen, hätte man sie für Bruder und Schwester halten können.
»Du mußt so glücklich sein, auf so einem wunderschönen Fleck leben zu können«, sagte der junge Mann ernsthaft und zeigte mit seiner braungebrannten Hand auf die umgebende Pracht. »In Deutschland ist die Luft nicht sauber, das Wasser kann man nicht trinken, und überall ist es dicht bevölkert. Nicht wie hier. Ich glaubte nicht, daß es irgendwo noch so sein könnte.«
Wir schwiegen alle für eine Weile und dachten über die Weisheit seiner Worte nach. Natürlich hatte er recht. Ich war sehr glücklich. Ich hatte eine plötzliche Vorstellung von Los Angeles und wie es dort zu dieser Zeit des Jahres sein würde – hustenerregender Smog, dichtgedrängte Menschenmassen, die alle nur das eine im Sinn hatten, dünn, reich und berühmt zu werden, und das in dieser Reihenfolge. Dann die Kilometer und nicht enden wollenden Kilometer Beton, die die eigentliche Seele des Ortes ausgesaugt hatten. Wie um alles in der Welt konnte mich ein so kleiner Rückschlag wie Strom dahin gebracht haben, alles was ich hatte, zu vergessen? Es gab eine Lösung des Problems. Es mußte eine geben.
Das junge Pärchen wußte nicht recht, warum ich ihnen so überschwenglich dankte, als wir uns verabschiedeten. Kurz bevor sie in die Waldstraße einbogen, drehten sie sich noch einmal um und winkten begeistert. Ich stopfte den verhängnisvollen Brief in meine Jeanstasche.

Als ich den halben Kilometer zum Haus hinaufgegangen war, konnte ich den Wasserkessel in der Küche durchdringend pfeifen hören. Kitty schlief noch immer friedlich, und der Verputz hing leider immer noch unerbittlich an den Wänden und wartete auf mich. Ich trank eine Tasse Tee und ging nach draußen, um mich den Anforderungen des Lebens zu stellen.

Bald hob und senkte sich meine Axt im steten Rhythmus. Überall flogen Verputzstücke herum, und ich wurde mit riesigen Schwaden von Kalkmörtel überschüttet. Während ich arbeitete, beschäftigte mich ein Problem. Lickeen war ein Bauernhof oder war es zumindest gewesen. Sicherlich gab es Subventionen für Bauernhöfe und für Bauern, die Strom benötigten? Bevor die starke Entvölkerung dieses Teils ländlichen Irlands eingesetzt hatte – war mir erzählt worden –, hätten drei starke Männer diesen Hof bearbeitet. Brüder, die kaum ins Dorf gingen, sondern hier ihr Leben in einsamer Pracht verbrachten, indem sie ihr Land bewirtschafteten und Bullen züchteten, die Preise gewannen und bis weit über Kerry hinaus berühmt waren. Meine Träume für Lickeen waren nicht ganz so ehrgeizig, aber trotzdem wollte ich diesen alten Hof so wiedererrichtet sehen, daß er zumindest etwas von seinem früheren Glanz wiederbekam. Ich wollte die Möglichkeit einer Subvention überprüfen. Vielleicht gab es eine Hilfe, die die erschreckenden Kosten etwas reduzieren konnte, daß sie nicht so ganz der Staatsverschuldung ähnlich würden. Bis dahin mußte ich eben, so gut es ging, ohne Strom auskommen. Der Maurer, der mit mir arbeiten wollte, würde sowieso erst in einigen Wochen kommen. Zum Schreiben war eh keine Zeit, also Schwamm drüber, was den Schreibcomputer betraf, und zum Schwingen einer Axt brauchte man keinen Strom.

Am ersten Tag legte ich ein gutes Stück Mauerwerk frei,

wobei ich immer wieder aufhörte, um die handwerkliche Kunstfertigkeit, die in dem alten Haus steckte, zu bewundern. Diese seinerzeitigen Erbauer hatten keinen Strom gehabt, und: schau, was sie geleistet haben!

Ungefähr um drei Uhr nachmittag fühlte ich mich, als hätte ich mit mehreren Grizzlybären einen Ringkampf veranstaltet. Der stete rhythmische Klang der Axt hypnotisierte mich. Ich fühlte mich wie das Mädchen in *Die roten Schuhe*, die am Ende hilflos in den Sonnenaufgang hineintanzt, weil sie die Schuhe nicht ausziehen kann. Ich beschloß, ins Barley Lake Cottage zurückzukehren, um wegen der Subventionen herumzutelefonieren, aber ich konnte die Axt nicht loslassen. Als ich mich endlich zwang aufzuhören, fühlte sich mein rechter Arm kraftlos und eigentümlich an, und ich stellte mir vor, daß sich während der Nacht cartoonartige Muskeln wie die von Popeye bilden würden. Ich weckte Kitty aus einem, wie es schien, schönen Traum, räumte meine Sachen in den Rucksack und pfiff nach den Hunden. Gerade als wir uns auf den Weg machten, kamen die ersten Regentropfen. Das machte es leichter für mich, daß ich mit der Arbeit aufgehört hatte, obwohl noch einige Stunden Tageslicht vor mir lagen.

Das Barley Lake Cottage war sauber und kühl und hieß mich willkommen. Beim Hinunterspülen des schlimmsten Staubs und Drecks unter dem Wasserhahn war ich froh, daß der Verkauf doch nicht so schnell über die Bühne gegangen war. Zur Hölle mit dem Überbrückungskredit, dachte ich bei mir und setzte den Wasserkessel auf. Allein der Versuch, in Lickeen während der Bauarbeiten leben zu wollen, ließ mich total verzweifeln. Ich setzte mich mit einem Becher Tee und einem Notizblock an den Küchentisch. Zum Telefonieren mußte ich meine linke Hand benützen, denn die rechte verweigerte den Dienst. Sie war heiß und entzündet, und ich fragte mich, ob ich es nicht etwas übertrieben hätte. Draußen konnte ich Kitty und Anlon hören. Sie waren glücklich, wieder zusammenzusein, und neckten sich gegenseitig sanft.

Ich fing meinen Telefonmarathon damit an, bei Teagasc, dem Bauernberatungsdienst, anzurufen. Sie waren freundlich und hilfsbereit, als ich ihnen meine mißliche Lage schilderte. Es hatte Subventionen für Strom für Bauern gegeben, versicherte mir ein mitfühlender Mann, aber sie wären ausgelaufen, da mittlerweile jeder Bauernhof, sogar in den abgelegensten Gebieten, einen Stromanschluß hätte. Und wenn überhaupt, fügte er hinzu, müßte ich mich an die Abteilung für Energie wenden. Er gab mir die Telefonnummer.

Schnell geriet ich in einen Alptraum von Bürokratie und wurde von einer Abteilung zur anderen verwiesen, mußte warten und warten und wurde dann aus unerfindlichen Gründen unterbrochen. Dann mußte ich immer wieder verwirrten Angestellten erklären, daß es sich bei mir tatsächlich um »Denise Hall«, eine Frau, und nicht um »Dennis«, einen Mann, handelte. Daß ich einen Bauernhof gekauft hätte, den ich zu bewirtschaften gedächte, und daß ich keinen Strom hatte, den ich dringend benötigte. Keiner von ihnen war unwillig, mir zu helfen, es war nur so, daß meine ganze Situation sie irgendwie in Panik versetzte, eine Reaktion, die ich durchaus nachempfinden konnte. Andererseits erschreckte es mich auch. Es war fast fünf Uhr, als ich endlich an jemanden kam, der mich nicht weiterverbinden wollte. Er sagte mir, was ich zu tun hatte, wünschte mir Glück und versicherte mir, daß ich ihn jederzeit wieder anrufen konnte, falls ich weitere Informationen benötigte.

Ich legte den Hörer auf und legte mich ausgestreckt auf die Couch, um meine Notizen zu lesen, die ich mir gemacht hatte. Ich hatte mit der linken Hand wild vor mich hin gekritzelt, als er mit mir gesprochen hatte, und meine Schrift war fast nicht zu entziffern. Hatte ich das vielleicht falsch verstanden? Wenn meine Notizen stimmten, mußte ich eine sogenannte Herdennummer erhalten, um für die Subvention berechtigt zu sein. Um diese zu bekommen, mußte ich verständlicherweise einen Tierbestand haben. Die bestehende Quote schien entweder aus einer Kuh oder zehn Schafen zu bestehen. Kitty galt nicht als Tierbestand, obwohl der freundliche Herr in der Abteilung mir nicht erklären konnte, warum. Die Subvention war großzügig und würde die Kosten von irrsinnigen fünftausend Irischen Pfund auf ungefähr vierzehnhundert reduzieren. Augenscheinlich, ob ich es wollte oder nicht, mußte ich Bäuerin werden. Wenn ich Strom haben wollte, hatte ich keine andere Wahl.

Vorsichtig bewegte ich die Muskeln meines rechten Arms und beugte mich herab, um den Fernseher einzuschalten. Die einfältigen Dialoge von *Home and Away* erklangen in meinem kleinen Wohnzimmer, was für mich das passende Gegenmittel zu einem Tag mit Verputzabhauen und finanzieller Krise war.

Draußen schimmerte der Berg bläulich in der langsam einfallenden Dämmerung, was gutes Wetter für den nächsten Tag versprach. Die Mutterschafe riefen nach ihren Lämmern, und mein Nachbar ging wie jeden Abend bei mir am Haus vorbei und brachte seine kleine Kuhherde vom Berg herunter. Diese ganzen Aktivitäten bekam ich nur am Rande mit. Die einschläfernde Wirkung des australischen Akzents und der angenehm vorhersagbaren Dialoge wiegte mich in einen erholsamen Schlummer.

Ich wachte erst mehrere Stunden später auf, unbequem und verkrampft. Obwohl es erst halb zehn war, fühlte ich mich wie mitten in der Nacht. Ich ließ die Hunde zum letztenmal hinaus und machte noch einen halbherzigen Versuch aufzuräumen, dann stieg ich die Treppen hinauf zu meinem kleinen Mansardenzimmer. Ich war in Rekordzeit unter der Bettdecke und eingeschlafen.

In dieser Nacht beherrschten Kühe und Schafe meine Träume. Riesige Tiermärkte voll mit ihnen, und ich mittendrin zwischen gedrängten, übelriechenden Verschlägen. Ich versuchte dem Flehen in ihren unergründlichen Augen aus dem Wege zu gehen. Plötzlich änderte sich der Traum, und ich war die einzige Passagierin in einem Zug, der keinen Zugführer hatte und der in wahnwitzigem Tempo auf unglaublich engen Gleisen dahinraste. Aber ich fühlte mich merkwürdig gelassen und ruhig und wußte, daß es nur eines gab, was man tun konnte, nämlich sich einfach zurücklehnen und die Fahrt genießen.

6
Auftritt Elektra

Die Morgendämmerung am nächsten Tag kam meiner Stimmung ziemlich nahe – grau und träge. Es war mir zur Gewohnheit geworden, zu absurden Tageszeiten aufzustehen. Das hatte damals angefangen, wie vermutlich bei vielen Frauen, als meine Tochter Amber ein Baby war. Seit dieser Zeit wache ich beim ersten Lichtschimmer auf, ob ich muß oder nicht.

Ich lag im Bett und schaute aus meinem kleinen Fenster in den dichten Frühnebel, der in den Bergen hing, und bewegte meinen rechten Arm vorsichtig. Zu meiner Überraschung fühlte er sich, abgesehen von einem geringen Stechen, gar nicht so schlecht an. Ich wünschte nur, ich hätte das von meinem übrigen Körper auch sagen können. Dieser war definitiv nicht glücklich und wollte da, wo er war, zumindest für die nächsten Jahre, liegenbleiben. Trotz meiner strengen Ermahnungen, daß Arbeit wartete, wollte er nicht auf mich hören, vergrub sich im Plumeau und weigerte sich starrköpfig, sich von der Stelle zu rühren.

Als ich es schließlich eine halbe Stunde später die Treppen herunter geschafft hatte, war anstelle des Nebels ein feiner Regen getreten, und das Cottage war mit zarten Sonnenstrahlen durchzogen. Das bedeutete Regenbogen. Ich füllte meine Riesentasse, die für den morgendlichen Kaffee gedacht ist, und ging nach draußen, um mich umzusehen.

Ein phantastischer doppelter Regenbogen erhob sich anmutig über das Tal, und sein Ende verlief irgendwo in den meilenweit entfernten Ländereien Lickeens, die man plötzlich vom Barley Lake Cottage aus sehen konnte. Ich saß auf der Bank vor meiner Tür, trank schlückchenweise meinen Kaffee und blickte gebannt auf dieses Schauspiel.

Ich war schon immer süchtig nach Vorzeichen gewesen, aber noch nie so sehr, wie seitdem ich Lickeen gekauft hatte und jede Art von Beruhigung, ob real oder nur eingebildet, besonders nötig hatte. Ich beobachtete, wie sich der Regenbogen auflöste, sich dann in langsam verdichtendem Licht mit vielleicht noch leuchtenderen Farben erneut bildete. Es würde ein guter Tag werden.

Um halb neun waren die Brote zubereitet und die Werkzeuge, die ich an diesem Tag brauchte, zusammengesucht. Die Axt (natürlich – dieses kleine Werkzeug war bereits so etwas wie ein Anhängsel), Hacke, weil man nie weiß, ob man sie braucht, und eine Säge, damit ich ein bißchen Brennholz schneiden konnte. Aber zuerst hatte ich noch einen Telefonanruf zu erledigen.

Als ich den Regenbogen betrachtet hatte, war meine Entscheidung gefallen: Ich würde eine Kuh kaufen. Mir haben Schafe nie besonders gelegen, so war die Wahl nicht schwierig. Schon seit geraumer Zeit hatte ich ein heimliches Verlangen nach einer Kerrykuh, ein kleines, schmales, tiefschwarzes Tier, das gerade hier verbreitet war, wo Verläßlichkeit und ein weitreichender Appetit wichtiger waren als ein hoher Milchertrag. Für diesen bedeutenden Schritt brauchte ich die Hilfe von Fachleuten. Ich rief Freunde an, die einen Bauernhof in einem Nachbardorf hatten und die mir mit Intelligenz und Humor über das Trauma von Kittys erster Geburt geholfen hatten.

Jetzt mußten sie gerade mit dem Melken fertig sein. Sie selber hatten eine gut geführte Herde mit friesischen Kühen. Dermot und Helen zuckten noch nicht mal mit der Wimper, als ich ihnen darlegte, daß ich auf der Stelle eine Kuh kaufen mußte und daß ich am liebsten eine Kerrykuh hätte, obwohl die Preise in astronomische Höhen gestiegen waren, weil die Rasse immer seltener wurde. Dermot sagte, daß sie sowieso gerade auf dem Weg zum Viehmarkt waren und schauen würden, was sie für mich tun konnten.

Es regnete fast den ganzen Tag. Es war so feucht, daß ich jedesmal, wenn ich meine wasserdichte Regenjacke anzog, umgehend nasser wurde, als wenn ich sie nicht angehabt hätte. Schließlich arbeitete ich oben in Lickeen verbissen ohne Regenjacke weiter, nur in einem T-Shirt, das klamm an mir pappte. Mein Haar klebte ebenfalls an meinem Kopf. Nach der ersten Stunde merkte ich nicht mehr, daß mein Arm steif war, und meine Arbeit fiel wieder in den gleichen hypnotischen Rhythmus wie am Vortag. Zu dem Zeitpunkt meiner Mittagspause hatte ich ein beachtliches Stück Mauerwerk freigelegt, und ich begann zu phantasieren, daß ich im September, wenn meine erweiterte Familie kam, wahrscheinlich schon eingezogen sein würde. Da war doch nichts dabei, dachte ich selbstgefällig und verdrängte, wie baufällig das Gebäude war und daß sämtliche Einrichtungen fehlten, was auch nach dem Entfernen des Verputzes noch so sein würde.

Ich saß unter einem Bergahorn mit den Hunden, aß meine Brote, geschützt von den üppigen Ästen und lauschte dem stetigen Tropfen der Blätter. Das Tal unter mir strahlte in funkelnder Farbenpracht, in den verschiedensten Grüntönen und dunklen violetten Flecken. Lickeen hatte heute eine träumerische Note an sich, die ich überaus faszinierend fand, wenngleich ein wenig matschig.

Am nächsten Morgen rief Dermot an. Er war wieder auf einem Viehmarkt, was er mir nicht hätte sagen müssen, da der Lärm im Hintergrund unglaublich war. »Ich glaube, ich habe eine Kerrykuh für dich gefunden«, schrie er, tapfer bemüht das Grölen im Hintergrund zu übertönen. »Das einzige ist«, seine Stimme zögerte etwas, »daß sie ein kleines Problem hat.«

»Was für eines?« Ich bemerkte, daß ich genauso schrie.

»Nun, sie hat nur drei Zitzen«.

Er hörte sich höchst peinlich berührt an, als ob diese unglückselige Behinderung irgendwie seine Schuld wäre. Ich stellte mir das arme Tier vor, verängstigt vom Lärm und Chaos auf dem Markt und wahrscheinlich die Zielscheibe vieler obszöner Scherze von Bauern, die nicht so feinfühlig wie mein Freund waren.

»Andererseits«, brüllte er über ein Geräusch, das sich wie das Kreischen eines wütenden Ebers anhörte, hinweg, »werde ich sie vermutlich zu einem günstigen Preis bekommen. Natürlich nur, wenn dir das mit den drei Zitzen nichts ausmacht«, fügte er hastig hinzu. Ich versicherte ihm, daß ich nicht die Art von Mensch war, die sich durch bloße körperliche Merkmale von einer vielversprechenden Beziehung abhalten ließe. Dermot erklärte mir, daß das arme Tier eine Zitze durch Mastitis verloren hatte, sie jedoch vollkommen kuriert und ihr Milchfluß in keiner Weise behindert war.

Den Rest des Tages verbrachte ich mit Verputzabhacken und fragte mich, ob ich bereits am Abend die stolze Besitzerin einer dreizitzigen Kerrykuh wäre. Ich war im hinteren Feld am Barley Lake Cottage beim Pferdestriegeln, als das Telefon klingelte. Es war mein persönlicher, heißer Draht zur Rindviehwelt.

»Der Besitzer hat zuviel für sie verlangt«, sagte Dermot ohne Einleitung, sobald ich den Hörer in der Hand hatte. Ich rang immer noch nach Luft nach dem Sprint hinauf zum

Haus. »Und ich konnte ihn nicht zur Vernunft bringen, also habe ich sie nicht gekauft.« Ich wußte, daß mein Freund ein Meister in der heiklen und geschickten Taktik des Verhandelns war, die beim Ver- und Ankauf von Vieh geboten ist. Wenn er mir sagte, daß der Preis zu hoch war, dann würde ich mich nicht mit ihm streiten. »Sie kann tausendmal eine Kerrykuh mit Stammbaum sein, aber für mich bleibt eine Kuh mit drei Zitzen eine Kuh mit drei Zitzen, Stammbaum hin oder her«, faßte er resolut zusammen.

Darauf gab es keine Antwort, zumindest keine, die mir einfiel, und so dankte ich ihm für den Versuch. Dermot versprach mir, weiter Ausschau zu halten. Die rechte Kuh zum rechten Preis würde schon früher oder später auftauchen.

Bis zum Ende dieser Woche verschwendete ich nicht mehr viel Gedanken an Kühe. Der Adrenalinputsch, der mich die ersten hektischen Tage aufrechterhalten hatte, war verschwunden, und ich fühlte mich müde und gereizt. Wenn ich mir die Wand, an der ich gerade arbeitete, ansah, konnte ich weder Fortschritt noch Leistung erkennen. Ich dachte weder, nur noch ein paar Wochen, und dann geht es innen weiter, noch konnte ich mir rankende Rosen am Eingang vorstellen (falls ich je einen bekommen sollte), oder Rauch, der aus dem wiederaufgebauten Kamin stieg, oder irgendwelche anderen Vorstellungen, die mich vorher aufgerichtet hatten.

Als mich Dermot anrief, um mir Neuigkeiten von der Kuhfront zu melden, hatte ich schon fast vergessen, daß ich eine bekommen sollte. Ich war vielmehr damit beschäftigt, mir lindernde Schichten mit Vaseline auf meine mit Blasen übersäten Hände zu schmieren und mich in angenehmen Gedanken an ein Leben in einer netten, ruhigen Stadt zu ergehen.

»Ich habe genau die richtige Kuh für dich gefunden«, sagte er aufmunternd. »Eine nette kleine rote *Dairy Shorthorn*. Die Preise für Kerrys sind viel höher als das, was du ausgeben wolltest. Diese habe ich in einem Feld entdeckt, an dem ich vorbeigefahren bin, und mir gedacht, ich könnte ja mal sehen, ob man sie kaufen kann.« Diese Art von Herausforderung war ein Lebenselixier für meinen Freund.

Ich rief mir in Erinnerung, daß ohne Kuh keine Hoffnung bestand, je Elektrizität für Lickeen zu bekommen, und legte die Dose Vaseline zur Seite, um aufmerksamer zuzuhören.

»Sie schaute perfekt aus, und so bin ich hin und habe sie gekauft«, sagte er. »Wenn du morgen am späten Nachmittag daheim bist, bringe ich sie dir.«

Ich sagte, daß ich dasein würde, und dachte klammheimlich, daß ich jetzt eine legitime Ausrede dafür hatte, die Arbeit in Lickeen früher beenden zu können.

Zum Barley Lake Cottage führte ein kurzer, aber unwahrscheinlich steiler Hügel, und so war es ein leichtes, den Landrover meines Freundes samt Anhänger mühsam heraufkeuchen zu hören. Dermot fuhr gekonnt rückwarts in meinen kleinen Parkplatz und ließ die Rampe herunter. Die kleine rote Kuh kam behende heraus und raste den Hügel bis zum Ende des Feldes hinunter. Dort stand sie und starrte uns wütend an, schnaubte ab und an verächtlich und erinnerte sich ohne Zweifel an die kürzlich erlebten Unwürdigkeiten, denen sie ausgesetzt worden war. Sie schien bemerkenswert unberührt von ihrer Umgebung. Ich beschloß, sie für eine Weile allein zu lassen, und ging ins Haus, um Tee zu machen und mit meinem Freund abzurechnen. Außerdem wollte ich noch die ganze Geschichte von ihrem Kauf hören.

Es war eine gute Geschichte, angereichert mit den üblichen

Ausschmückungen über ideenreiches Austricksen und Feilschen, die typisch für solchen Viehhandel sind. Dermot hatte es geschafft, meine Kuh für nur vierhundert Irische Pfund zu erstehen. Das war ein sehr guter Preis. Als ich ihm Geld für den Transport anbieten wollte, lehnte er ab und sagte, daß es kein Umweg für ihn gewesen sei. Wenn ich irgend etwas wissen wollte, was ich für die Kuh brauchte, sollte ich ihn ruhig anrufen, und dann verschwand er fröhlich winkend. Man hörte das dramatische Krachen der Gangschaltung, als er den kurzen, steilen Hügel passierte.

Die kleine rote Kuh stand in einer Ecke des Feldes und schmollte. Als ich versuchte, sie mit ein paar Milchviehwürfeln umzustimmen, drehte sie mir ostentativ ihre Kehrseite zu. Nachdem ich mich versichert hatte, daß sie einen vollen Eimer Wasser hatte, ließ ich sie allein, damit sie sich eingewöhnen konnte.

Sie war nur eine kleine Kuh, aber sie hatte eine gewaltige Stimme. Mitten in der Nacht kämpfte ich mich durch mehrere Schichten Tiefschlaf in den Zustand des Halbträumens-Halbwachens und war für einen Augenblick lang überzeugt, daß vor meinem Schlafzimmerfenster ein liebeskranker Elch war. Obwohl ich keine Erfahrung hatte, wußte ich, daß sie einsam und verwirrt war und wollte, daß die ganze Welt das Ausmaß ihres Elends mitbekam. Bald antworteten alle anderen Kühe im Tal auf ihren verzweifelten SOS-Ruf. Der Lärm war unglaublich, und mir war klar, daß ich am nächsten Tag bei meinen Nachbarn nicht sehr beliebt sein würde.

Ich unterhielt mich selbst mit der Vorstellung, was die anderen Kühe sagten, wenn sie sich von Feld zu Feld zubrüllten – etwas in der Art wie »Hab keine Angst, Liebes, du gewöhnst dich daran, und morgen kannst du vielleicht schon ausbrechen, und mit dem Rest der Mädels ein

Schwätzchen abhalten.« Dann fühlte ich mich schuldig, daß ich meiner Kuh die Gesellschaft ihresgleichen vorenthalten hatte. Offensichtlich war sie ein sensibles Tier. Vielleicht sollte ich aufstehen und ihr ein Bett im Vorbau machen, wo sie sich weniger allein fühlen würde? Nein, bevor ich etwas Voreiliges machte, mußte ich hart bleiben und meine Ohren verschließen. Sie mußte sich daran gewöhnen. Als das Gebrülle noch lauter wurde, fiel ich in einen tiefen, traumlosen Schlaf.

In der Frühe am nächsten Morgen nahm ich mir eine Handvoll Milchviehwürfel und ging hinunter zu meinem lautstarken, kleinen Tier. Sie schaute total unschuldig drein, als ob sie eine friedliche Nacht in ruhigem Schlummer verbracht hätte. Sie hielt die Stellung, bis ich ganz nahe bei ihr war, dann schnaubte sie argwöhnisch und raste mit hocherhobenem Schwanz zur anderen Ecke des Feldes.

Aber dieses ungebührliche Benehmen hielt nicht vor. Die nächsten Wochen machte sie einen grundlegenden Wechsel ihrer Persönlichkeit durch. Sie wurde von einer Nachbarin, die auch auf ihren Rehblick hereingefallen war, obwohl sie genauso in der ersten Nacht wachgehalten worden war, auf den Namen Elektra getauft – ziemlich beziehungsreich, dachte ich. Elly, wie sie von ihren Freunden genannt wurde, akzeptierte ihre Solostellung bald mit wachsender Begeisterung. Ich hatte ehrlich eher das unangenehme Gefühl, daß sie sich, weil ihr andere Kühe als Identifikationsfiguren fehlten, dachte, sie wäre ein Hund. Sie kam prompt auf mich zugetrottet, wenn ich pfiff, und forderte, daß man viel Zeit damit verbrachte, sie unter ihrem Kinn und anderen schwer erreichbaren Stellen zu kratzen. Jetzt protzte sie mit einem ziemlich flotten braunen Halfter, der Anlon, dem Fohlen, zu klein geworden war.

Nachdem ich nun eine Kuh hatte, war es logisch, daß sie

mich sowohl mit möglicher Elektrizität als auch mit Milch, Butter und Käse versorgen konnte. Aber das Milchwunder passierte nicht aus eigenen Stücken. Sogar ich wußte das. Seit langer Zeit bewunderte ich unseren örtlichen Veterinär Finbar, und ich beschloß ihn kommen zu lassen, damit er sie sich anschauen sollte. Täglich sah er sich sehr großen Tieren gegenüber, die ihm oft nicht gerade freundlich gesinnt waren. Unter seiner notwendigerweise rauhen Schale kam Fürsorge und Zuneigung zum Vorschein, auf die ich mich verlassen konnte.

Als Finbar ankam, aß ich gerade Vollkornbrot und gekochte Eier, weil ich zu müde war, um mir ein richtiges Essen zu kochen. Ich hatte noch nicht einmal Lust gehabt, mich zu waschen, nicht, daß das Finbar gestört hätte. Nachdem er den ganzen Tag über Rinder auf Tuberkulose untersucht hatte, war er mit Kuhdreck und Schlamm bedeckt, und Blut rann an seinen Hosenbeinen herunter.

Es brauchte nicht lang, und wir hatten Elly in einen kleinen Verschlag im Garten gedrängt. Finbar hatte sie schnell in einem geschickten Klammergriff. Er mußte sie intern untersuchen, um zu sehen, ob sie bereits reif genug war, ein Kalb zu bekommen, und ignorierte Ellys empörtes Gebrülle. Während sie schrie, sah sie mir tief in die Augen, und ich hatte das Gefühl, daß sie sich Hilfe von mir erwartete. Also tat ich so, als ob ich nichts bemerkte.

Der Tierarzt zog seinen beschmutzten Arm aus der Tiefe von Ellys unteren Regionen und streifte sich den dünnen Plastikhandschuh ab.

»Du brauchst den künstlichen Besamer nicht zu bemühen«, sagte er aufmunternd, zündete sich noch eine Zigarette an und gab Elly, die immer noch schmollte und empört zitterte, einen liebevollen Klaps auf das Hinterteil. »Diese junge Kuh ist seit einem Monat gedeckt.«

»Sie ist was?« hörte ich mich selbst krächzen, als spräche ich aus weiter Ferne.

»Ungefähr seit einem Monat gedeckt, einen Tag hin oder her«, wiederholte er und amüsierte sich offensichtlich über meine Reaktion.

Das war überhaupt nicht das, was ich mir vorgestellt hatte. Ich hatte mir eine geplante, medizinisch kontrollierte Schwangerschaft gewünscht – den weißbekittelten, künstlichen Besamer, der den Samen des Bullen meiner Wahl in einem gefrorenen Strohhalm bringt und dergleichen mehr. Dieses Kalb war jedoch das Ergebnis eines verrückten Augenblicks in Verbindung mit einem wohlgeplanten Über-den-Zaun-Hüpfen eines Teilnehmers. Der Vater war unbekannt. Elly schwieg zu diesem Thema selbstzufrieden. Vielleicht bildete ich es mir ja nur ein, aber als ich sie in ihr Feld zurückbrachte, hätte ich schwören können, daß sie einen besonders unbeschwerten Soll's-doch-der-Teufel-holen-Schwung in ihrem Gang zeigte.

Ich verabschiedete mich von Finbar und dankte ihm für seinen Besuch.

Wenn sie doch nur gewartet hätte, dachte ich gereizt, und die Vorstellungen von Wagenhebern für Kälber und Seilen, die ich alle nicht besaß, brachen über mir zusammen. Seitdem der künstliche Besamer die Aufgabe der Natur übernommen hatte, gab es nur noch wenige Bullen auf den Feldern. Das bedeutete, daß es mehr als wahrscheinlich war, daß Elly ein Kalb haben konnte, das zu groß für ihren kleinen Körper war.

Sollte das alles einmal vorüber sein und ich endlich Strom haben, dann würde das simple Lichteinschalten für mich nie mehr dasselbe sein.

7
Die alten Sitten und Bräuche

Vor hundertachtzig Jahren, als mein Cottage gebaut wurde, spielte Strom noch keine Rolle. Die wichtigsten Werkzeuge waren nicht Traktoren, Bagger und Zement, sondern Muskelkraft und ein Blick fürs Wesentliche. Während ich mühsam den Verputz weiter abhackte, machte ich mir so meine Gedanken über die damaligen Maurer und Erbauer. Wie hatten sie es z. B. fertiggebracht, die monumentalen Eckpfeiler des Hauses zu errichten, die jetzt an jeder Ecke des Hauses majestätisch zum Vorschein kamen.

Wie es hier oft der Fall ist, hatte ein befreundeter Nachbar eine Erklärung parat. Ich traf ihn eines frühen Morgens am Gatter von Lickeen, wo ich meinen Wagen geparkt hatte, weil mein Hohlweg immer noch unbefahrbar war. Ich war bei meiner täglichen Prozedur, die nötigen Dinge herauszusuchen. Inmitten des chaotischen Durcheinanders in meinem Auto versuchte ich mich zu entscheiden, ob ich es mit meinem Erzfeind, dem Trimmer, aufnehmen würde und wenigstens für eine Stunde die Energie hätte, Land freizulegen. Ich war überzeugt, daß mich dieses Gerät haßte. Für jeden anderen sprang es nach ein paar Zügen mit der Kordel an, aber ich mußte mindestens dreißigmal anziehen, bevor es ein zögerliches Stottern von sich gab und prompt darauf wieder abstarb.

»Bis jetzt ist es, Gott sei Dank, ein trockener Morgen«, unterbrach mein Nachbar Jimmy unerwartet mein Grübeln in der frühmorgendlichen Stille. Er stand hinter meinem Wagen und grinste liebenswürdig. Sein schwarz-weißer Collie saß aufmerksam neben ihm.

Wir redeten eine Weile über die Fortschritte oben auf Lickeen, und ich erzählte ihm, daß der Tierarzt festgestellt hatte, daß meine kleine rote Kuh trächtig war. Jimmy sagte, daß ich mich nicht aufregen sollte, es würde schon alles gut ausgehen, und überhaupt könnte ich ihn immer rufen, wenn ich Hilfe brauchte. Beim Gespräch fiel mir ein, daß Jimmy selbst mit Steinen gebaut hatte. Er war zwar jetzt in Rente, aber er wußte wahrscheinlich, wie die Leute früher die massiven Ecksteine in Lickeen aufgestellt hatten.

Als ich ihn fragte, schaute er mich einen Augenblick lang nachdenklich an und schob seine ausgebeulte Mütze noch weiter nach hinten. Er fuhr sich mit den Fingern durch die stahlgrauen Haare und machte es sich auf der obersten Stange des Gatters gemütlich.

»Ich werde dir erzählen, wie sie es gemacht haben. Es gelang ihnen, weil sie unglaublich stark und kräftig waren, und solche Männer gibt es heute nicht mehr. Heutzutage bekommst du noch nicht einmal drei Männer zusammen, die an einem Ort arbeiten, geschweige denn die zwanzig oder noch mehr, die wahrscheinlich zusammengeholfen haben, als dein Haus gebaut worden ist«, sagte er heftig. »Die meisten sind nach Amerika oder England gegangen, aber so war es nicht, als dein Haus gebaut wurde. Damals haben Nachbarn zusammengeholfen und haben die riesigen Steine mit einer Art Winde, die sie zusammengebaut hatten, aufgerichtet.« Er verfiel in ein nachdenkliches Schweigen.

Die letzten hundertfünfzig Jahre hat Irland unter aufeinanderfolgenden Auswanderungswellen gelitten. Hunger, Kolonialisierung und Arbeitslosigkeit haben ihren Tribut gefordert. West Cork war besonders betroffen, und viele Altersgenossen von Jimmy hatten vor vielen Jahren das harte und schwierige Leben hier gegen den Komfort des Stadtlebens mit der wöchentlichen Lohntüte eingetauscht. Für die, die zurückblieben, war es schwierig gewesen, Frauen zu finden. Viele Frauen fanden es nicht mehr erstrebenswert, einen armen Bauern zu heiraten und magere, steinige Erde zu bearbeiten. Sie wollten nicht länger ein Leben führen, das zwar seine stille Schönheit hatte, aber mit harter Arbeit und Einsamkeit verbunden war.

»Ich vermute, daß du über das alte Mauerwerk wieder drüberverputzen wirst?« fragte Jimmy schließlich.

»Niemals«, antwortete ich, entsetzt bei dem Gedanken, »es ist so perfekt, daß ich es so lasse, wie es ist.«

Ein breites Grinsen glitt über sein zerfurchtes Gesicht. »Da hast du recht. Ich habe mir immer gedacht, daß es komisch war, wie wir anfingen, uns der Steine zu schämen und sie zu verputzen. Nach der ganzen Arbeit, die sich die Leute gemacht hatten, die alten Häuser zu bauen. Zuerst mußten die Steine gesammelt werden, dann zurechtgehauen und angepaßt werden und all das. Und wofür? Daß eine Menge von Idioten kommt und alles wieder zuputzt.« Er schüttelte angeekelt den Kopf.

Aber es war ja nicht nur das alte Mauerwerk, das dem wechselnden Geschmack der Zeit unterworfen war. Meisterlich gebundenes Reet war zerrissen und durch Wellblech ersetzt worden, und riesige offene Kamine, die so groß waren, daß man Ochsen darin braten konnte, wurden zugemauert, und die massiven Stützbalken gingen für immer verloren. Viele Leute allerdings haben keine Sehnsuchtsgefühle nach der guten alten Zeit. Für sie ist die Vergangenheit mit düsteren Schatten belastet. Sie wollen Komfort, Bequemlichkeit und Modernität und sind nicht traurig über den Hingang von reetgedeckten Hütten und einfachem Leben.

Ich bemerkte, daß mein Nachbar in einer seiner riesigen Taschen nach etwas suchte. Er zog eine Flasche heraus. »Wir müssen auf die Alten einen heben«, stellte er fest, wischte den Flaschenhals ab und genehmigte sich einen großzügigen Schluck.

Kurz darauf wurde die Flasche freundschaftlich hin- und hergereicht, und wir sprachen über Steine, das unverständliche Verhalten von manchen Touristen und, soweit ich mich erinnern kann, den Sinn des Lebens.

»Ja, das waren schon mächtige Mannsbilder damals«, sagte Jimmy und kam abrupt auf sein früheres Thema zurück.

Ich stimmte ihm zu bzw. versuchte es, aber die Worte schienen an meiner dick gewordenen Zunge zu kleben. Ich bemerkte zu meinem Schrecken, daß ich mehr als ein bißchen beschwipst war, und es war noch nicht mal neun Uhr früh. Ich war immer stolz darauf gewesen, mit den Besten mithalten zu können, wenn es darauf ankam – eine meiner zweifelhaften Fähigkeiten, die ich mir im Laufe meiner zweiundzwanzig Jahre als Journalistin angeeignet hatte. Aber diese frühmorgendliche Sitzung war doch etwas zuviel für meine Gefühle. Ich glitt vorsichtig vom Gatter herunter, verabschiedete mich von Jimmy, der, wie ich etwas neidisch bemerkte, überhaupt nicht angeschlagen wirkte. Zu meiner Überraschung fühlte ich mich, als ich etwas unsicher den Pfad zum Haus heraufgewankt war, ganz frisch und bereit, loszulegen.

Mit Sicherheit konnte ich gegen ein bißchen Gestrüpp angehen. Ich faßte den Trimmer an seinem dürren Kragen, zog einmal fest und unmißverständlich an seiner irritierenden Kordel, und zum ersten und einzigen Male, seitdem ich es besaß, sprang das verflixte Ding gehorsam an. Ich bearbeitete eine Stunde lang eine dicht mit Dornen bewachsene Stelle und fragte mich, wo hier die Moral von der Geschichte war. Vielleicht war es auch gut so, daß ich sie nicht verstehen konnte.

Ich war durch die letzten vier Wochen so daran gewöhnt, allein oben in Lickeen zu arbeiten, daß mich fast der Schlag traf, als ich das erste Mal das rauhe Brummen von dem Traktor meines Bauunternehmers hörte. Ich beobachtete mit einiger Erleichterung, wie die Spitze von Ray O'Sheas ehrwürdigem blauen Traktor hinter den Fuchsienbüschen erschien. Das Heraufwanken von einem halben Kilometer bis zum Haus, immer schwer beladen mit Werkzeugen oder etwas anderem, hatte seinen eh nur zweifelhaften Charme schon lange verloren. Von jetzt an konnte man einen wirklichen Fortschritt erkennen. Der Pfad war immer noch für alle Wagen, außer schweren Arbeitsfahrzeugen, unpassierbar, aber bald würde daran gearbeitet werden. Der Baggerfahrer, der die Aufgabe übernommen hatte, hatte es sich bereits angesehen, und wir hatten uns auf einen Preis geeinigt. Jetzt war es nur noch eine Frage der Zeit, bis er anfangen konnte.

Ray sprang herunter und stand neben seinem Traktor, der fortfuhr zu brüllen wie ein zotteliges, aber gutmütiges Biest. Ich bemerkte Zementsäcke und eine Ladung Sand auf dem Anhänger.

»Ich lade das nur ab und hole noch mehr. Dann können wir anfangen«, bemerkte Ray aufmunternd.

Bald waren die Zementsäcke ordentlich im Haus aufgestapelt, damit sie im Trockenen waren, und ein riesiger Berg Sand lag hinter dem Haus. Das gab dem Ganzen einen neuen Sinn, es wirkte fachmännisch, was meine Axt und ich nicht hervorrufen konnten. Ray pfiff beim Ausladen der Vorräte vergnügt vor sich hin. Als er den Traktor abstellte, stülpte er einen alten Gummistiefel über den Auspuff, damit er vor den häufigen Regenschauern, die wir an diesem Tag hatten, geschützt war. Der Stiefel gab dem alten Fahrzeug einen verwegenen Pfiff, der ihm sehr gut stand.

»Ich denke, daß ich mit dem neuen Fenster anfange«, bestimmte er. Immer noch pfeifend verschwand er im Haus. In kurzer Zeit hatte er ein beachtliches Loch in die Küchenwand gebrochen, wo er vorhatte, ein Extrafenster einzubauen. Ungewohntes Licht brach in den alten Raum, der voll mit Spinnweben war.

Ich mußte Verputz abklopfen. Manchmal bildete ich mir ein, daß ich für immer Verputz abklopfen würde. Heute konnte ich mich nicht damit befassen. Die ungewöhnliche Aktivität innen im Haus hatte mich auf neue Gedanken gebracht. Ich wanderte durch die renovierungsbedürftigen Räume und stellte mir vor, wie in den zwei offenen Kaminen das Feuer prasselte, die Balken vom Teer und die Wände vom abgebröckelten und verblichenen Verputz befreit waren und in leuchtenden Farben frisch gestrichen waren.

Jeder Raum hatte eine andere Atmosphäre, die mir gefiel. Das Vorderzimmer hatte einen kleinen, viktorianischen offenen Kamin und war vom Rest des Hauses getrennt. Man könnte sich am Ende des Tages darin einigeln, Bücher lesen und fernsehen, obwohl es noch einer blühenden Einbildungskraft bedurfte, sich das jetzt bildlich vorzustellen. Dieser Raum und eines der beiden oberen Schlafzimmer waren die am meisten verfallenen. Große Verputzstücke lagen auf dem Boden, und die Fenster existierten nicht mehr. Das Zimmer, das ich mir zum Arbeiten und Schlafen ausgesucht hatte, war in nicht ganz so schlechtem Zustand. Mir gefielen die riesigen A-förmigen Dachbalken besonders, und die waren, Gott sei Dank, noch völlig intakt.

Obwohl die Küche jetzt schmutzig und verblichen war,

konnte man doch erkennen, daß sie einstmals das Herz des Hauses gewesen war. Es war ein glückliches Haus gewesen. Man konnte von keinem Zimmer behaupten, daß es groß war, und die Decken waren auch recht niedrig, aber es war mehr als groß genug für mich. Ich liebte es. Und irgendwo würde oben genug Platz sein, ein kleines Badezimmer einzubauen, mein erstes seit drei Jahren. Ich zwang mich dazu, mit den Tagträumereien aufzuhören und auf den Boden der Tatsachen zurückzukommen.

Es war angenehm, mit jemandem zusammenzuarbeiten, besonders mit jemandem, der sein Handwerk verstand. Ich brachte mehr als sonst zustande an diesem Morgen, ich ignorierte die heftigen Regenschauer und hatte meinen Kopf voll mit Plänen, wie ich das alte Haus verwandeln würde. Zur Mittagszeit hatte Ray bereits einen groben Rahmen für das neue Fenster fertiggestellt und war gegangen, um sich etwas zum Essen zu holen. In der Küche war jetzt noch mehr Schutt und Staub, da, wo er das Loch in die Wand gehauen hatte. Aber ich war froh, nicht mehr im Regen sein zu müssen. Die letzten Tage über war das Wetter schrecklich gewesen, und Lickeen hatte sich in einen einzigen Matsch verwandelt.

Ich rubbelte mir mit einem alten Handtuch die Haare trocken und erinnerte mich, wie ich mir vorgestellt hatte – das war, bevor wir Lickeen besaßen und wir den Sommer noch für möglich hielten –, daß ich braungebrannt und fit, das alte Haus eigenhändig wiederaufbauen würde, über die sich schnell bildenden Schwielen lachen und die Zementsäcke leichthändig hin- und herschieben würde. Inspiriert von diesen hochtrabenden Vorstellungen war ich nach Bantry gefahren und hatte mir eine ziemlich coole, schwarze Lycraradlerhose und eine Tube Sonnenschutzcreme gekauft. Seitdem hatte es nur noch geregnet.

Ich durchsuchte meinen Rucksack nach einem Apfel, von dem ich wußte, daß er irgendwo stecken mußte. Das Wasser von meinen immer noch nassen Haaren tropfte unablässig meinen Rücken hinunter. Anstatt des Apfels fand ich die einstmals modischen Shorts. Sie hatten einen gesund aussehenden grünlichgrauen Schimmel sprießen lassen. Weitere Nachforschungen ergaben, daß die Sonnencremetube ausgelaufen war und eine gallertartige Schicht am Boden meines Rucksacks gebildet hatte. Ich machte alles sauber und schmiß die Shorts weg. Dann langte ich nach der Liste, die ich mit mir herumtrug und die mir bei meinem wöchentlichen Einkauf half. Ich fügte »dicke Socken« hinzu und als nachträglichen Einfall »neue Gummistiefel«. Jetzt werden wir mal sehen, was das Wetter jetzt macht, dachte ich kratzbürstig.

Trotz Regens begann Lickeen nun wie eine Baustelle auszusehen und sich anzuhören. Überall lagen meterweise Kieferbretter, Dachpappenrollen, Sand und Zement, und abends, wenn ich nach Hause kam, hatte ich ein neues, befriedigtes Gefühl. In wenigen Tagen wollte Ray mit dem Dach beginnen. Ein neuer Kamin mußte gebaut werden, denn der alte, der abgebrochen und gefährlich war, war das erste, was mir jeden Tag in die Augen stach. Jedesmal erwartete ich fast, daß er während der Nacht zusammengebrochen war. Als nächstes mußten die alten Schieferplatten sorgsam entfernt werden, weil die meisten wiederverwendet werden konnten. Dann würde die Dachpappe verlegt werden, und darauf kamen die Schieferplatten. Ich wollte mir nicht ausmalen, was passieren würde, wenn es, während das Haus abgedeckt war, regnen sollte.

In etwa einer Woche wollte ich den Verputz an den Außenwänden entfernt haben. Dann wurde es Zeit, damit anzufangen, mit einer Mischung aus Kalk und Zement die vielen

Steine zu verfugen. Bis jetzt war es uns gelungen, mit dem gelegentlichen Eimer Wasser aus dem Fluß auszukommen. Jetzt hatten aber die Bauarbeiten begonnen, und eine nahe gelegene Wasserversorgung war vonnöten. Ray sagte, daß man dazu einen geeigneten Platz am Fluß, oberhalb vom Haus, finden mußte. Dort mußte man in eine der tieferen Gumpen ein Rohr hineinlegen und darauf hoffen, daß das Wasser durch die Schwerkraft zum Fließen kam. Ich hatte ernstliche Bedenken gegen dieses Vorhaben. Ich konnte mir nicht vorstellen, daß das so einfach war. Keine Pumpe, keine Bohrungen, nur ein paar Rollen Rohre? Ray hatte keine Zweifel. »Sicher, das klappt«, versicherte er mir immer wieder.

An einem Morgen wanderte er in Richtung Berg mit einer Rohrleitung, einer Schelle und einer Hacke. Als er wiederkam, hielt er ein Rohr in der Hand und grinste triumphierend: Wasser rann heraus. »Geschafft!« sagte er so ganz nebenbei. »Jetzt muß ich nur noch schauen, ob genügend Druck drauf ist.« Das Rohr immer noch in der Hand haltend, kletterte er die Leiter zum Dach hinauf, hielt es sich über den Kopf, und das Wasser floß immer noch. Es funktionierte tatsächlich.

Jetzt hatten wir fließendes Wasser direkt vor der Tür. Um es anzustellen, mußte man nur den Ast, den wir in das Rohr gesteckt hatten, entfernen, und, Hokuspokus, es floß. Das Ende der Leitung, das im Fluß hing, hatte einen kleinen Filter, aber ansonsten war das Wasser vollkommen naturbelassen. Es war das kühlste, süßeste Wasser, das ich je getrunken hatte. Es ging ohne Zweifel aufwärts.

8
Bäuerin wider Willen

Einen großen Teil meines Lebens verbrachte ich nun damit, mich um Tiere zu kümmern. Nachdem ich keine Vorkenntnisse in Landwirtschaft besaß, mußte ich mir das Wissen durch Bücher, Nachbarn und eigene Erfahrungen aneignen. Jeder Tag war ein neues Abenteuer.
Anlon und Kitty waren wieder in dem Feld im Wald und erfreuten sich der Aufmerksamkeit des Stromes an Sommergästen, und Elly graste bei einem Nachbarn. Nach Beendigung meiner Arbeit in Lickeen machte ich mich jeden Abend mit Tom und Sam auf den Weg, um sie mit Futter und Wasser zu versorgen.
Eines Abends wurde es sehr spät, weil ich ein bestimmtes Mauerstück fertig haben wollte, bevor ich heimging. Ray O'Shea war mit seinem röhrenden Traktor schon vor einiger Zeit gefahren. Abgesehen vom steten Rhythmus meiner Axt und dem Abendchor der Vogelstimmen war es in Lickeen sehr still, zu still. Dunkle, drohende Wolken bildeten sich über mir, und ich mußte noch nach den Tieren sehen. Das war kein Wetter, das man Ende Juli erwartete. Eilig stopfte ich meine Sachen in den Rucksack. Gerade als ich Kitty und Anlon fütterte, fielen die ersten Regentropfen, und der Wind heulte. Als ich beim Feld von Elly in der Nähe des Barley Lake Cottages angekommen war, strömte es bereits, und ich fühlte, wie die unvermeidliche Schicht von Kalkmörtel auf meinem Körper langsam steif wurde. Es war

dunkel und, wie üblich, funktionierte die Taschenlampe nicht. So bahnte ich mir vorsichtig meinen Weg über das Feld und pfiff nach Elly. Keine Antwort! Ich kippte den Futtereimer ohne viel Federlesens auf den Boden und machte mich auf dem Heimweg.

Ich war noch nicht einmal hundert Meter weit gegangen, als ich das Dröhnen von Hufen hinter mir hörte. Elly gab eine gelungene Darstellung eines spanischen Stiers, der seinen Siegeszug gegen den Matador antrat. Sie schnaubte und scharrte bedrohlich mit den Hufen, den Kopf gesenkt. Es war offensichtlich, daß sie an ihrem Futter vorbeigerannt war und nun vorhatte mich zu Fall zu bringen, da ich es gewagt hatte, das Feld zu verlassen, ohne ihr Futter zu bringen. Wenn es um ihre Milchviehwürfel geht, ist mit Elly nicht zu spaßen.

Ich wirbelte den leeren Eimer ein paarmal über meinen Kopf, des dramatischen Effekts wegen, und schrie: »Schau her, du dumme Kuh, er ist leer, und dein Essen ist da drüben auf dem Boden.«

Elly war nicht beeindruckt und griff mich wieder an. Zu versuchen, rückwärts über ein dunkles und matschiges Feld mit Kartoffelrillen zu laufen, ist keine gute Idee. Wenn ich nicht von mehreren Tonnen Kuh über den Haufen geworfen werden wollte, mußte ich Stellung beziehen, soviel war klar.

Ich war mir nicht sicher, was ich als nächstes tun sollte. Keines der Bücher hatte mich auf diese Situation vorbereitet, und ich ballte meine rechte Faust zusammen, die durch mehrere Wochen Hackarbeit sichtlich kräftiger war, und versetzte Elly einen kräftigen Hieb auf ihr Maul. Ich weiß nicht, wer von uns mehr überrascht war. Elly taumelte, rappelte sich auf und blickte mich finster an. Ein paar Sekunden lang standen wir beide stocksteif da und beäugten

uns mißtrauisch. Ich fragte mich, ob sie noch einen Angriff wagen wollte. Was würde ich dann tun? Dieses Mal vielleicht einen in die Breitseite, um ihr zu zeigen, was Sache ist?
Mit einem Ausdruck tiefster Verachtung schnalzte Elly ihren Schwanz mehrmals hin und her, als ob sie sich einer besonders lästigen Fliege entledigen müsse, schnaubte, drehte sich auf der Stelle um und stolzierte davon. Als ich mich relativ sicher fühlte, machte ich mich schleunigst in Richtung Gatter auf und hoffte, daß sie dieser unglücklichen Vorfall nicht gegen mich aufbrachte. *Wie* gut war das Gedächtnis einer Kuh? Wenn sie Rache wollte, würde Elly bald genug Gelegenheit dazu haben, weil ich, nachdem sie gekalbt hatte, melken lernen mußte.
Dank Elly hatte ich bereits meine ersten Formulare für die Subvention für Elektrizität ausgefüllt und hatte kürzlich die Mitteilung bekommen, daß ich nun eine Herdennummer besaß. Dieser Eintritt in die Bauernwelt hatte zur Folge, daß ich nun bald Besuch von jemandem aus dieser Abteilung bekommen würde.
Dieser Sachbearbeiter war gerade während eines kräftigen Regenschauers angekommen und stand nun vor meiner Tür. Er bestach mit Anzug, Krawatte und Notizblock und verlangte höflich meine Herde zu inspizieren. Dazu brauchte er nicht lange. Er begutachtete Elly ernsthaft eine Weile lang, und sie starrte zurück. Nach der Inspektion gingen wir ins Haus, tranken Tee und versuchten trocken zu werden. Trotz dieser Herde von nur einem Tier machte er den Eindruck, als ob er meine landwirtschaftlichen Ambitionen ernst nehmen würde, und er gab mir während der nächsten halben Stunde nützliche Ratschläge.
Ich diskutierte die Pläne für Lickeen eingehend mit ihm, und zu dem Zeitpunkt, als er das Haus verließ, schienen diese gar nicht mehr so weit hergeholt. Der Plan war, daß

ich später die Sitkafichten von dem Weideland, auf dem sie jetzt gepflanzt waren, entfernen und das Land wieder bewirtschaften wollte. Die Sitkafichten konnten oben auf dem Berg weiterwachsen, wo der Boden karger war und wo sie meines Erachtens von Anfang an hätten hingepflanzt werden sollen.

In unserem Tal, in dem gutes Weideland unglaublich kostbar ist, weil die Erde karg und felsig ist, bricht es einem das Herz, wenn man sieht, wie gutes Weideland ruiniert wird. Nachdem aber kleine Bauernhöfe oft aufgegeben und von ihren Besitzern verlassen wurden, haben die allgegenwärtigen, subventionierten Sitkafichten den Platz für sich beansprucht.

Abgesehen von der Sitkafichte wuchs in Lickeen eine große Vielfalt von Laubbäumen – Esche, Buche, Eiche und Stechpalme. Diese Bäume bedurften der Pflege. Man mußte sie gegen den übergreifenden Rhododendron verteidigen, der hier riesige Flächen ursprünglichen Waldes vereinnahmt hat. Mein Land war ebenfall von ihm überwachsen. Das bedeutete: ausgraben, hacken und verbrennen, daß die schwächeren Bäume genug Platz und Licht zum Wachsen bekämen.

Die Ländereien von Lickeen boten genügend Arbeit für mehrere Leben. Der Hof war langsam entstanden, über mehrere Jahrhunderte hinweg, und die Arbeit war wahrscheinlich knochenbrecherisch gewesen. Und jetzt würde dieser langsame, sorgfältige Prozeß wieder neu beginnen. Aber heutzutage gab es ja Traktoren, Strom (hoffentlich!) und Bagger, die mir bei der Verwirklichung meines Traumes helfen würden.

Als ich Lickeen das erste Mal gesehen hatte, war in mir der durch und durch atavistische Wunsch, Land zu besitzen, entstanden, das ich an mein Kind weitergeben konnte.

Nicht irgendein Land, sondern dieser spezielle, wilde und wunderbare Berg. Es lag ein Zauber darauf, das mußte auch so sein, weil mich Lickeen bereits zu Kraftakten befähigt hatte, zu denen ich mich bislang außerstande gesehen hätte.

Ein paar Wochen, nachdem ich die Herdennummer bekommen hatte und geprüft worden war, bekam ich eigentümliche und oft unverständliche Broschüren mit der Post zugeschickt. Es waren Direktiven der Europäischen Gemeinschaft über Kunstdünger, aufklärende Artikel über Magenbremsen und die Rinderseuche. Es war alles ein wenig verwirrend, aber zumindest war mein Antrag im Anrollen. Jetzt war es nur noch eine Frage der Zeit, bis ich hörte, ob ihm stattgegeben wurde.

Ray O'Shea und ich machten gerade unsere Kaffeepause und unterhielten uns darüber, was wir noch zu tun hätten und wieviel einfacher es doch wäre, wenn wir Strom zur Verfügung hätten, als eine Nachbarin und ihr vierjähriger Sohn zu Besuch kamen. Ihm wurde bei den Erwachsenengesprächen schnell langweilig, und er ging herum, um sich die Zeit zu vertreiben.

Meine Nachbarin erzählte uns von ihren Erlebnissen und Schwierigkeiten, die sie und ihr Mann vor sieben Jahren bei ihrem Hausbau gehabt hatten. Plötzlich hörte sie mitten im Satz auf und schaute prüfend um sich, wie das Mütter so tun, wenn es plötzlich zu still wird und die Kinder auf einmal verschwunden sind. »Vor einer Minute war er noch hier«, sagte sie, stand auf und schaute prüfend um sich. Wir sahen ihn alle zur gleichen Zeit, im Feld beim Haus. Er war eifrig dabei, Kitty zu melken, die zur Zeit auf Lickeen Flurbereinigung auf ihre Art und Weise betrieb.

Kittys Euter war voll und prall. Der Sohn meiner Nachbarin hatte, Bauernbub, der er ist, die Zitzen untätig herunterhän-

gen sehen und beschlossen, sich nützlich zu machen, und das dringend nötige Melken vorzunehmen.
Seine Mutter entfernte ihn von Kittys Zitzen, und ein Fluß dunkelgelber Milch erschien. Sie erklärte ihm, daß Kitty keine Kuh war und daß sie all ihre Milch für ihr neues Fohlen benötigte. Ihr Sohn sah sichtlich enttäuscht aus. Kitty ließ sich durch diese schmähliche Behandlung nicht aus der Ruhe bringen. Sie drehte nur ihren großen Kopf nach dem jungen Burschen um, der weggeführt wurde, und verjagte mit ihrem dichten, schwarzen Schweif die Fliegen. Ich habe manchmal den Eindruck, daß Kitty in ihrer Weisheit schon lange den Zeitpunkt überschritten hat, wo sie noch irgend etwas, was unsere eigentümliche und unverständliche Spezies macht, überraschen kann.
Nachdem meine Besucher gegangen waren, hatte sich Ray wieder seinem derzeitigen Projekt zugewandt: dem Auseinandernehmen des Daches. Ich stand da und schaute Kitty zu, wie sie zufrieden kaute. Sie schaute prall und reif wie eine Sommerfrucht aus, und ich begann mich langsam auf die Geburt des neuen Fohlens zu freuen und heimlich zu hoffen.
Der Hufschmied erinnerte mich immer wieder daran, daß es nur noch wenige Stuten wie sie gab – große, ehrliche Tiere, die hart arbeiteten und gutmütig waren und trotzdem eine Spur vom Vollblüter in sich trugen. Das vielgeschundene Arbeitspferd war selten geworden, seine haarigen Füße als Zeichen niederer Herkunft verachtet und seine enorme Kraft nicht länger geschätzt. Nachdem ich selbst erfahren hatte, wie teuer es ist, ein Pferd dieser Größe über den Winter zu bringen, konnte ich nachvollziehen, wie es dazu gekommen war. Kittys Appetit war riesig. Genau wie mit Lickeen, hatte ich mit ihr eine Verpflichtung blind übernommen, ohne zu ahnen, auf was ich mich da eingelassen

hatte. Seitdem ich hierhergezogen war, trieb mich ein lemminghafter Instinkt dazu, mich, auf Teufel komm raus, in unbekannte Gefilde zu stürzen.

Wenn sich alles etwas beruhigt haben würde, wollte ich zusehen, ob ich für Kitty eine Arbeitsvorrichtung finden konnte. Mit dem Geschirr und der Zugleine konnte man mit ihr pflügen und Bäume aus den sonst unerreichbaren Stellen herausziehen. Auf einem Land wie diesem, mit kleinen Feldern und sehr vielen Steinen, spricht viel dafür, mit einem Pferd zu arbeiten. Man kann mit ihm an Orte vordringen, die ein Traktor nicht erreicht, und man kann bis in die kleinsten Ecken hinein umpflügen. Ich hatte sowieso keinen Traktor, aber ich hatte Kitty, die ihr Leben lang gewöhnt war zu arbeiten. In ihrem Alter würden ihr leichte Aufgaben guttun und sie fit halten. In ungefähr einem Monat war das Fohlen zu erwarten, und wenn sie sich erholt hatte, wollte ich jemanden suchen, der mir beibrachte, wie man mit ihr arbeitete. Ich wühlte in meinen Taschen nach einem Apfelbutzen, den ich für sie aufgehoben hatte, und rief Kitty herbei. Ich hielt ihn flach auf der Handfläche, damit sie ihn vorsichtig mit ihren dicken Lippen aufnehmen konnte. Falls ich einmal den Dreh heraus hatte, mit Kitty zu arbeiten, würde es ein seltenes Vergnügen sein.

Ich fühlte mich plötzlich schuldbewußt, als ich Ray oben auf dem Dach herumturnen sah. Ich sollte auch besser arbeiten, als herumzustehen und Zukunftsträume zu spinnen. Bevor die Familie Anfang September kam, wollte ich so viel wie möglich geschafft haben. In meiner anfänglichen Begeisterung, als ich in Lickeen zu arbeiten begonnen hatte, schien mir der Putz nur noch so von den Wänden zu fliegen, und ich hatte Amber geschrieben, daß ich wahrscheinlich im August schon umziehen könnte. Voll Tatendrang versicherte ich ihr, daß alles für sie fertig wäre, wenn sie kämen. Jetzt erkannte ich, daß das ein voreiliges und zu optimistisches Versprechen gewesen war. Die Arbeit auf Lickeen kam zwar voran, aber es ging langsam und mühsam, und alles dauerte viel länger, als ich gedacht hatte. Es gab so viele unvorhergesehene Verzögerungen – schlechtes Wetter, Baumaterialien, die nicht rechtzeitig geliefert wurden, und Vorhaben, die viel länger dauerten, als man dafür vorgesehen hatte.

Ich setzte mich hin und schrieb noch einen Brief, dieses Mal einen realistischeren. Ich schrieb Amber, daß ich wahrscheinlich zum Zeitpunkt ihrer Ankunft doch noch nicht in Lickeen eingezogen sein würde. Als ich den Brief in den Umschlag steckte, kam mir plötzlich ein schrecklicher Gedanke. Der endgültige Verkauf vom Barley Lake Cottage war auf Ende August festgesetzt. Wenn Lickeen noch nicht bezugsfertig war – und es sah zum derzeitigen Zeitpunkt nicht danach aus –, was sollte ich dann tun? Ich stellte mir die Zukunft in den düstersten Farben vor: die Tiere und ich würden in der dunklen, kalten Küche kampieren, und die Familie hätte einen schuttüberhäuften Urlaub.

In den nächsten Tagen pendelte meine Laune zwischen Optimismus und Verzweiflung. Je mehr ich schaffte, desto mehr sah ich, was an Arbeit noch zu bewältigen war. Wenn ich nicht aufpaßte, bekam ich das Gefühl, daß alles, was ich tagsüber erreicht hatte, von diesen nutzlosen und destruktiven Gedanken zunichte gemacht wurde. Meine finanzielle Situation bereitete mir auch wieder Sorgen. Unter den gegebenen Bedingungen war es unmöglich, zu schreiben, aber: kein Schreiben bedeutete keine Milchviehwürfel. Ich mußte mich anstrengen, meine Zeit so zu organisieren, daß ich die Arbeit zuerst erledigte, die Geld brachte, so schwierig es auch sein mochte.

Ich hatte damit begonnen, die Steine des äußeren Mauerwerks zu verfugen, und, obwohl es eine langwierige Arbeit war, stellte es doch eine willkommene Abwechslung von der Arbeit mit der Axt dar. Nach dem Austrocknen wurde der Zement elegant blaßgrau und hob die alten Steine wunderbar hervor. Es vermittelte ein tolles Gefühl von Aufschwung. Ich erwartete den Unternehmer, der ab morgen an meiner Straße arbeiten sollte. Das bedeutete: Bagger, Kiesarbeiten und Entwurzeln von Bäumen, da der Weg erweitert werden mußte. Wenn das Wetter nur einigermaßen annehmbar war, hatte der Unternehmer vor, den Weg in nur wenigen Tagen befahrbar zu machen. Falls es aber regnen würde, konnte er nicht weitermachen, bis der Boden wieder trokken war. Das Wetter war bestenfalls unbeständig, mit Regenschauern, und ich betete, daß es nicht schlechter werden würde. Abgesehen von dem Weg waren die Schieferplatten abgedeckt, und Ray hatte begonnen, sich durch die Kalkmörtelschicht, die darunter lag, durchzuarbeiten. Sie hatte in der alten Zeit als Ersatz für Dachpappe gedient.

Morgen würde das Innere des Hauses ungeschützt und den Elementen ausgesetzt sein. Alles hing nun vom Wetter ab.

9
Die Frau aus dem Sumpf

Wenn ich nicht von Alpträumen geplagt worden wäre, daß ich in naher Zukunft aus dem Barley Lake Cottage ausziehen mußte, wäre ich wahrscheinlich an dem Tag, als ich in das Loch fiel, zu Hause im Bett geblieben.

Es hatte nicht den Anschein, als ob irgend jemand im Tal sich an diesem Morgen hinausbegeben würde. Ich schaute aus dem beschlagenen Küchenfenster auf die über die Hänge verteilten, regenüberströmten Häuser, aus deren Kaminen anheimelnde Rauchwolken stiegen. Der Regen prasselte wild auf den Boden, und der Wind heulte und pfiff um das Barley Lake Cottage, aber mittlerweile hatte ich mich schon an diese plötzlich auftretenden Stürme gewöhnt. Es war Zeit, an die Arbeit in Lickeen zu gehen und damit basta. Auch wenn ich nicht außen verfugen konnte, wartete innen genug Arbeit auf mich.

Der Wind blies in meine Kleidung und versuchte sein Bestes, mich wieder in Richtung Haus zu bewegen. Ich hätte diesen Ratschlag befolgen sollen. Statt dessen fuhr ich auf verlassenen, überfluteten Straßen an durchweichten Hecken und Feldern vorbei, die unter Wasser standen. Angekommen in Lickeen, begann ich den langen Marsch den Weg zum Haus herauf, ziemlich behindert durch mehrere Lagen wasserdichter Kleidung. Die Hunde sprangen ausgelassen um mich herum, als sei es ein wunderbarer Frühlingstag. Nach ihrer Ansicht ist ein Spaziergang ein Spaziergang, Sturm hin oder her.

Nach ein paar Minuten konnte ich schon nicht mehr richtig sehen. Der Regen rann in Bächen über meine Augen und meinen Hals hinunter. Aber ich konnte erkennen, daß der Weg überspült war. Die Arbeiten waren am Vortag bereits begonnen worden, mußten aber Stunden später abgebrochen werden, weil schwere Bagger und Schlamm nicht das ideale Gespann sind.

Wasserfluten ergossen sich vom Berg herab auf den Weg, tiefe Furchen eingrabend. Durch wasserbenetzte Wimpern blinzelte ich auf die Verwüstung. Bäume, die der Bagger ausgegraben hatte, lagen quer auf dem Weg, riesige Erdhaufen, die ausgehoben worden waren, um andere Stellen wieder aufzufüllen, waren irgendwohin gekippt worden, als der Sturm anfing. Als ob das noch nicht genug wäre, hatten sich während der Nacht mysteriöserweise einige riesige Gruben gebildet.

Aber anstatt aufzugeben und in mein gemütliches Zuhause zurückzukehren, stapfte ich tapfer voran. Weit davon entfernt, für Autos befahrbar zu sein, würde es nicht mehr lange dauern, und der Weg würde auch zu Fuß nicht mehr begehbar sein. Dann wäre die einzige Art zum Haus zu gelangen vermutlich das Abseilen vom Berg, von der Straße nach Kenmare aus. Und ich hatte mir vorgestellt, daß ich bereits jetzt im August in dieses unwiderstehliche, aufregende Haus eingezogen wäre. Als mich dieser bittere Gedanke traf, verschwand ich in einer der größeren Gruben.

Es war eine tiefe und besonders nasse Grube. Sofort begann das Wasser über die Ränder in meine Gummistiefel hineinzufließen. Überzeugt davon, daß ich ein neues Spiel zu ihrer Unterhaltung erfunden hatte, sprangen die Hunde laut bellend irgendwo oberhalb meines Kopfes hin und her.

Es gab kaum eine Aussicht auf Hilfe. Niemand war an einem solchen Tag auf den Beinen. Ich fing an, meine Finger im Schlamm zu vergraben und mich zentimeterweise nach oben zu bewegen. Diese Technik beinhaltete allerdings, daß mein Gesicht ebenfalls im Schlamm vergraben war. Einen schrecklichen Moment lang dachte ich an die Geschichte von Edgar Allan Poe, in der jemand lebendig begraben wird. Ich keuchte angestrengt und kroch an der schlüpfrigen Seite der Grube hoch. Endlich gelang es mir, mich über den Rand zu hieven, wie ich hoffte, mit militärischer Bravour. Zumindest die Hunde waren tief beeindruckt.

Obwohl ich die letzten paar Monate heugeschmückt und mit Schlamm bedeckt zugebracht hatte, hatte ich dennoch ein gewisses Niveau aufrechterhalten, vielleicht kaum zu erkennen, aber trotzdem vorhanden: ein Spritzer Coco Chanel ohne besonderen Grund, rotlackierte Fußnägel einfach so, solche Dinge eben. Aber heute hatte ich einen neuen Gipfel des ländlichen Déshabillé erreicht. Als ich in Lickeen durch das Loch in der Wand, wo eigentlich die Haustüre sein sollte, taumelte, benötigte ich keinen Spiegel, der mir sagte, daß ich aussah wie die Frau aus dem Sumpf.

Die Wetterbedingungen im Haus waren nur geringfügig besser als draußen. Die vielen Ritzen und Spalten, die ich noch nicht verfugt hatte, ließen nicht nur die Regenfluten herein, sondern bildeten auch eine Art Windtunnel. Und natürlich war das Dach abgedeckt. Das Wasser kam die Treppen heruntergeflossen und bildete schlammartige Pfützen auf dem Küchenboden.

Wild schaute ich mich nach etwas um, was ich tun könnte. Dann erinnerte ich mich an die Wand im Vorderzimmer. Weil ich neugierig war, wie das Mauerwerk unter dem abbröckelnden Verputz aussah, hatte ich ihn an einem Nachmittag abgeschlagen. Weil es so schön war, hatte ich beschlossen, es nicht mehr zu verputzen. Ich hatte die Wand verfugt, und sie war jetzt fertig zum Streichen. Jedoch ist das bei einer Wand, die außen noch so viel Löcher wie ein Emmentaler hat, nicht unbedingt eine gute Idee. Ich würde sogar so weit gehen zu behaupten, daß es reine Zeitverschwendung wäre. Aber zu diesem Zeitpunkt war ich bereits nicht mehr zurechnungsfähig. Ich strich begeistert vor mich hin, während der Wind durch mein Haar pfiff und meine schlammverkrustete Kleidung langsam an meinem Körper festklebte. Nach Abschluß setzte ich mich auf einen Schutthaufen, betrachtete meine Arbeit und gratulierte mir zu meiner Ausdauer.

Der nächste Morgen war fein und klar, und, ob man es glauben will oder nicht, sonnig. Ich beeilte mich, nach Lickeen zu kommen, um meine Wand zu bewundern. Sie schaute aus, als ob ein besonders verkommener, alter Trunkenbold in der Nacht hereingewankt wäre und sich übergeben hätte. Das, was gestern in dem ständigen Zwielicht ausgesehen hatte wie »ein Hauch von Lavendel«, entpuppte sich nun als verrottetes Lila; das, was von der Farbe überhaupt noch übrig war. Der Regen, der ins Haus geflossen war, hatte das meiste der Farbe weggewaschen, was höchstwahrscheinlich auch gut so war. Die Überbleibsel versickerten auf dem Boden in depressiven lila Streifen. Ich wußte, daß ich etwas zu hören bekommen würde, wenn Ray mein Meisterwerk sah. Es war nicht das erste Mal, daß meine etwas planlosen Arbeitsmethoden mich zur Zielscheibe machten. Ich dachte daran, zu versuchen, es so hinzustellen, als ob ich einen Pinsel hätte auswaschen wollen, aber damit würde ich nicht durchkommen. Ich beschloß, einfach zu sagen, daß ich kurzfristig meinen Verstand verloren hätte, und das wäre es dann, aber ich hatte nicht die Absicht, zu erwähnen, daß ich in die Grube gefallen war.

Am nächsten Morgen weckte mich das schrille Klingeln des Telefons. Ich tappte die Treppen hinunter und fiel fast über Tom, der am Treppenende, seinem üblichen Platz, eingeschlafen war.

»Hallo, hier ist Rainer, ich rufe aus München an.« Die Stimme klang dünn und unwirklich, aber es bestand kein Zweifel daran, daß es der Deutsche war, der das Barley Lake Cottage gekauft hatte. »Wir haben soeben von den Notaren in Bantry gehört, daß jetzt alles in Ordnung ist. Das fehlende Schriftstück hat sich gefunden, und jetzt können wir den Verkauf abschließen. Ich rufe an, um zu fragen, ob der Termin Ende August immer noch paßt?« schloß Rainer erfreut.

Plötzlich war ich hellwach und mit einer Mischung aus Freude und Panik erfüllt. Einerseits war es phantastisch, daß der Verkauf wirklich abgeschlossen werden sollte. Aber wo sollte ich wohnen? Lickeen würde niemals fertig sein. »Ende August?« wiederholte ich unnötigerweise und versuchte nicht an die Berge von Schutt und Gruben zu denken, die nun mein neues Zuhause waren. »Das sind ja tolle Neuigkeiten.«

»Da gibt es noch etwas, was meine Frau und ich dir sagen wollten«, fuhr mein Käufer fort. »Wir werden die nächste Zeit noch nicht dort leben können und anfangs nur in den Ferien kommen. Wenn du nun noch im Barley Lake Cottage wohnen bleiben willst, bis du dein neues Haus fertig hast, würde das durchaus in unserem Sinne sein, weil wir das Haus nicht so lange leerstehen lassen wollen. Wir werden erst an Weihnachten kommen können.«

Ich fühlte mich unsäglich erleichtert. Nun würde ich mir nicht ein Zelt im Feld mit den Tieren teilen müssen. »Das ist wahnsinnig nett von euch. Ich werde das gerne annehmen, weil ich nicht glaube, daß Lickeen so schnell bezugs-

fertig ist, wie ich es zuerst gedacht hatte«, stammelte ich. »Und Ende August ist ein fabelhafter Termin für den Austausch der Verträge. Ich hoffe, daß ihr beide sehr glücklich in diesem Haus werdet«, fügte ich hinzu, unfähig mein Glück zu fassen. Ich hatte mein Haus verkauft, der Handel war perfekt, und in der Zwischenzeit konnte ich im Barley Lake Cottage weiter wohnen bleiben.
An diesem Abend saß ich mit einem doppelten Whiskey über den Rechnungen und den Bankauszügen. Die Stunde der Wahrheit war gekommen. Ich schuldete der Bank einen ansehnlichen Betrag. Die letzten zwei Jahre hatte ich nicht genügend Geld für meinen Lebensunterhalt verdient und einige Kredite aufgenommen. Hinzu kam der Kauf von Lickeen und die Renovierungskosten. Wie es mit alten Häusern so ist, besonders mit verfallenen, kostet alles das Dreifache von dem, was man veranschlagt hat. Der Punkt war schnell erreicht, an dem ich in kalten Schweiß ausbrach, wenn ich nur von Ferne noch einen braunen Umschlag sah. Als ich meine Schulden zusammengerechnet hatte, sah es so aus, als hätte ich die nächsten zwei Wochen noch ein Guthaben, aber ab dann würde ich wieder in die roten Zahlen rutschen. Die Rechnungen für Baumaterial und Arbeitslohn würden noch eine Weile lang kommen. Ich kippte den Rest vom Whiskey herunter und legte die Unterlagen in den Ordner zurück. Wenn die Kosten genauso weiter stiegen und ich keine Zeit fand, Artikel zu schreiben, die mich und die Tiere am Leben erhalten hatten, was dann? Was, undenkbarer Gedanke, wenn ich nicht in der Lage wäre, Lickeen zu halten? Plötzlich wußte ich ohne den Schatten eines Zweifels, daß ich, was auch kommen wollte, einen Weg finden würde. Ich mußte. Woanders konnte ich nie mehr glücklich sein.
Das erste, was ich am nächsten Morgen sah, als ich in

Lickeen ankam, waren fünf nagelneue Fenster. Ray hatte bis spät in die vergangene Nacht gearbeitet, um sie einzubauen. Die Rahmen waren aus Teak, und das ganze Haus war wie umgewandelt. Die zwei neuen Türen waren ebenfalls angekommen, und er war gerade dabei, sie einzubauen, weil es zu naß und schlüpfrig war, um auf dem Dach zu arbeiten. Ich stand da und bewunderte eine Zeitlang mein neues verschönertes Haus. Noch besser war das, was neben den Rechnungen in meiner Tasche raschelte: die Nachricht des Ministeriums für Energie, daß meinem Antrag auf Subvention für Strom stattgegeben worden war. Dieser Tag fing definitiv gut an.

Wenn ich den Verputz innen von allen Wänden geschlagen hatte, konnten der Installateur und der Elektriker kommen und die nötigen Rohre und Leitungen legen. Danach mußte jemand, nicht ich, verputzen. Ich hatte meine Meinung darüber, die inneren Wände unverputzt zu lassen, geändert. Obwohl es wunderbar aussehen würde, hatte mich Ray davon überzeugt, daß es dann im Haus zu kalt wäre. Ich hatte nicht die Absicht, diese Arbeit selbst zu versuchen, ich hatte nicht das Geschick und war offensichtlich mehr für Hilfs- und Dreckarbeiten geeignet.

Es war schon so lange her, daß ich irgendwelche Artikel geschrieben hatte, daß ich gar nicht mehr wußte, ob ich es noch konnte. Mit Sicherheit hatte ich Schwierigkeiten, auf gute Ideen zu kommen. Mein Gehirn war ausgelastet mit Bauabrechnungen und Kalkmörtelstaub. Ich versuchte mein Bestes, mir während meiner täglichen Arbeit etwas auszudenken, aber ohne Erfolg. Und dann, gerade als ich beim Ausladen meiner Werkzeuge war, überkam es mich. Da ich sowieso keine Zeit hatte, wie sonst üblich, wegen Recherchen für Artikel herumzufahren und mich umzuhören, gab es überhaupt nur eine Möglichkeit: Ich würde über das, was um mich herum jeden Tag geschah, schreiben, über den Kampf, das Haus wiederherzurichten, über die Tiere und über meine Methode, alles wie in *Carry on Farming* zu machen. Ich war mir sicher, daß es klappen würde. Aufgeregt machte ich mir eine innere Notiz, einige der Verleger, für die ich gearbeitet hatte, anzurufen.

Einer war sehr interessiert, und eine andere dachte, ich wäre total verrückt geworden, und hörte nicht auf mich zu fragen, wie, um Himmels willen, ich das ohne Mann bewerkstelligen wollte – eine ziemlich deprimierende Reaktion von einer erklärten Feministin.

Jetzt mußte ich mir Zeit zum Schreiben schaffen. Ich würde jeden Tag zwei Stunden früher als üblich aufstehen, auch wenn es noch dunkel war. Bewaffnet mit meiner lebensnotwendigen Riesenkaffeetasse setzte ich mich, noch mit Schlaf in den Augen, an den Schreibtisch und schrieb, bis es wieder Zeit für die Baustelle war. Abends versuchte ich dann, nach dem üblichen Ritual von Mörtelentfernen, Tierefüttern und Abendessen, das, was ich in der Frühe geschrieben hatte, zu korrigieren und zu verbessern. Oft schlief ich über dem Schreibcomputer ein. Ich konnte nur hoffen, daß das das Ergebnis der Erschöpfung war und nicht aus Langeweile über meine eigenen Worte kam. Ich war so müde, daß es immer schwieriger wurde, meine Arbeit objektiv zu beurteilen.

Als ich zum ersten Mal wieder schrieb, fühlte ich mich ruhelos, als ob mir diese sitzende Tätigkeit fremd wäre und nicht etwas war, das ich mehr oder weniger die letzten zwanzig Jahre über täglich getan hatte. Aber langsam begann mir meine altbekannte Routine des Artikelver- und bearbeitens wieder Spaß zu machen. Es war ein wenig eigenartig, daß es meine eigene Geschichte war, denn ich hatte nie zuvor so etwas Persönliches geschrieben. Ich hatte Artikel gebracht, die Geschichten über Fremde waren, über das Leben anderer Leute. Jetzt hatte ich ein neues Paar Stiefel an, und es dauerte einige Zeit, bis ich mich daran gewöhnt hatte.

Trotz meiner Zweifel hatte ich den ersten Entwurf meiner Geschichte fertig. Er war viel länger als die Stücke, die ich normalerweise schrieb, und ich entdeckte, daß ich viel über Lickeen zu sagen hatte, über meine Träume und Hoffnungen, die Tiere, meine Familie und überhaupt alles. Einmal auf den Geschmack gekommen, konnte ich nicht mehr aufhören.

Manchmal, an den Tagen, an denen nichts klappte und es aussah, als ob Lickeen nie bewohnbar werden würde, wünschte ich mir, daß das alles jemand anderem passieren sollte. Aber diese Stimmung hielt nie sehr lange an.

10
Stadt und Land

Die Sonne schien. Es war heiß, und es waren Gerüchte im Umlauf, daß eine Hitzewelle im Anmarsch wäre. Sie käme aus Spanien und wäre täglich zu erwarten. Sie würde eine solch unerträglich heiße Luft mit sich bringen, daß wir uns bald nach Regen sehnen würden. Ich trug zum ersten Mal in diesem Jahr ein Kleid und fühlte mich fast unbekleidet, so ganz ohne die üblichen Mehrfachlagen an Kleidung und Gummistiefeln, als ich nach Bantry zu meinem wöchentlichen Einkauf fuhr.

Ich hatte Ray, der in der Nähe des neuen Kamins in halsbrecherischer Schräglage auf dem Dach thronte, zurückgelassen. Er trug einen ausgefransten Strohhut, um sich vor der Sonne zu schützen, und er pfiff wohlgemut vor sich hin, als er die letzten Schieferplatten ersetzte. Bald war das neue Dach fertig, und dieser Gedanke erfreute mich ungemein. Es war mir schwergefallen, mir vorzustellen, in einem Haus zu leben, in dem das Wasser in Strömen die Treppen hinunterlief, wenn es regnete, und dessen Küche langsam einen schwarzen Rand bekam.

Bantry war überfüllt – Bauern, Hausfrauen, Touristen und eine Gruppe Alternativer, die sich auf dem kleinen Platz versammelt hatten, Flöte spielten und mit leuchtendbunten Bällen jonglierten. Ihre Dreadlocks und die wirbelnden indischen Tücher gaben dem monatlichen Markttag ein exotisches Flair. Es gab Stände, die gebrauchte Werkzeuge verkauften, Hühner, billige Ohrringe und ganze Haushaltsauflösungen von Leuten, die beschlossen hatten weiterzuziehen. Mehrere Schafe waren notdürftig neben einem Karton mit sechs knopfäugigen Welpen zusammengepfercht. Auf dem Karton stand in Kinderschrift »Umsonst an NETTE Leute« gekritzelt.

Ich spazierte ein bißchen herum, sah mich um und dachte, wie eigenartig es mich anmutete, von soviel Lärm, Chaos und vor allem von so vielen Leuten umgeben zu sein. Mittlerweile war das kleine Städtchen Bantry für mich zur Großstadt geworden, und ich fragte mich, wann das genau geschehen war auf der langen Reise von Los Angeles nach Lickeen.

War ich *je* auf den Autobahnen von Los Angeles hin- und hergerast, oder hatte ich mir meinen Weg durch die dichtgedrängten Menschenmassen auf dem Venice Boardwalk gebahnt? Meine Zeit vor Lickeen hatte mittlerweile einen träumerischen, mystischen Charakter angenommen. Ich sehnte mich plötzlich nach dem weiten, offenen Raum von Lickeen und mußte mich zwingen, mich auf meine Einkaufsliste zu konzentrieren. Tierfutter, Fliegenmittel und Wurmpuder kamen zuerst. Als ich mich durch die engen, überfüllten Straßen kämpfte, bemerkte ich, daß ich auf einmal Einkaufen haßte. Es war eine solche Zeitverschwendung und erschöpfte mich viel mehr als Verputzabhacken. Nachdem ich mit meiner Liste durch war, stöhnte mein alter demolierter Renault unter der Last. Die Ladefläche war voll mit den Einkäufen, und neben mir auf dem Beifahrersitz stand der gelbe Gaszylinder, den ich wöchentlich erneuerte, weil es bei uns im Tal keinen Händler gibt. Ich mußte nur noch für einen Nachbarn ein rezeptpflichtiges Mittel abholen, und dann konnte ich mich auf den Heimweg machen. In der Apotheke standen drei Frauen, ganz ins Gespräch vertieft. Sie sprachen über das unerwartet gute Wetter und fragten sich, ob es etwas mit dem Treibhauseffekt zu tun haben könne. »Nun, Mädels, da kann man sowieso nur eines tun«, sagte die älteste der drei und zog am Saum ihres buntgemusterten Kleides. Die anderen zwei warfen sich einvernehmliche Blicke zu und warteten darauf, daß sie fortfuhr. Die ältere Frau schaute mit einer gewissen Befriedigung an ihren stämmigen, nackten und mit Krampfadern übersäten Beinen herab, die in schmalen Riemchensandalen steckten. Die Apothekenhelferin mit weißem Kittel lehnte über der Ladentheke, damit sie besser zuhören konnte. »Das einzige, was man gegen den Treibhauseffekt tun kann«, fuhr die Frau fort und schaute von Gesicht zu Gesicht, um sich zu vergewissern, daß ihr alle aufmerksam zuhörten, »ist, eine Generalbeichte abzulegen und dann den Sonnenschein zu genießen.«

Ich hörte sie alle noch lachen, als ich die Tür zur Apotheke hinter mir schloß.

Als ich nach Lickeen zurückkam, war alles ruhig. Ray war zum Mittagessen fortgefahren, und ich nahm meine Brote und setzte mich vors Haus, wo die alten Steine meinen Rücken wärmten und der Blick über die Berge durch nichts gestört wurde. Wohin das Auge reichte, wuchs alles üppig wuchernd in kräftigen dunklen Farben. Wilde Fuchsienbüsche drängten sich um das Haus, und die rosa, violetten und roten Blüten leuchteten gegen das Grün der Blätter. Irgendwann mußte ich sie zurückschneiden, weil das enorme Wachstum viel von dem Licht der kleinen Vorderfenster wegnahm. Aber jetzt wollte ich mich erst mal an ihnen erfreuen.

Das Tal schaute von diesem Aussichtspunkt wie ein phantastischer Wandteppich aus, der aus verschiedenen Grün- und Malventönen gewoben war, durchzogen mit leuchtendgelben Ginsterblüten, die wie exotische Goldfäden wirkten. Ich bemerkte, daß das Heidekraut wieder anfing zu blühen. Ich nahm mir selbst das Versprechen ab, daß ich in der Blütezeit auf den Berg ging und mir mehrere Armvoll davon holen wollte, um meine Körbe und Krüge damit zu füllen. Die duftende, violette Blüte hielt in voller Farbenpracht bis Weihnachten vor. Alles war so still und friedlich, und die Sonne fühlte sich wunderbar auf der Haut an.

Ich mußte eingenickt sein, denn auf einmal fühlte ich Kittys runzelige Lippen auf meiner Handfläche, als sie versuchte die letzten Reste meines Brotes sanft zu stibitzen.

»Du alte Gaunerin«, sagte ich ohne rechte Überzeugung und bemerkte, daß es Zeit war, mich umzuziehen und in die wirkliche Welt zurückzukehren.

Jeden Tag war nun mein erster Halt bei der Weide von Kitty und Anlon. Ich war sicher, daß ich hier das neue Fohlen vorfinden würde, so wie beim letztenmal. Manchmal nahm ich, zum Mißfallen Anlons, Kitty mit nach Lickeen. Nach meinen Berechnungen mußte Kitty jetzt ein bißchen über elf Monate trächtig sein. Wenn ich mich mit Leuten, die Erfahrung mit Pferden hatten, unterhielt, sagten sie entweder: »Sie ist zu alt, sie wird nie wieder ein Fohlen bekommen«, oder: »Oh, elf Monate sind nichts. Ich kannte mal eine Stute, die dreizehn Monate trächtig war. Bei Stuten kann man nie sicher sein.«

Da hatten sie recht. Meine Freunde Dermot und Helen hatten eine Stute, die sie zum Hengst gebracht hatten. Danach wurde sie untersucht, ob sie trächtig war, und das Testergebnis war negativ. Neun Monate später brachte sie ein gesundes Fohlen zur Welt.

Eines Tages traf ich Finbar, den Tierarzt, auf der Waldstraße und sprach mit ihm über die Trächtigkeit Kittys. Sein alter Wagen war voll mit Spritzen, verschiedenen Arzneien und riesigen, greifzangenartigen Instrumenten, von denen ich nicht sicher war, ob ich überhaupt wissen wollte, welchen Zweck sie hatten. Die unvermeidliche Zigarette im Mund, schaute er übermüdet und zerfurcht aus. Er erzählte mir, daß er die ganze Nacht mit einer schwierigen Geburt eines Kalbes zugebracht hatte. Um diese Jahreszeit herum war es immer sehr geschäftig. »Diese Stute ist nie und nimmer trächtig«, sagte er, während er in einer Kiste mit Flaschen nach Wundpuder suchte, um den ich ihn gebeten hatte.

Ehrlich gesagt, hatte er diese Meinung schon immer vertreten. Aber ich konnte nicht umhin, an Anlon zu denken, Kittys erstes Fohlen, als auch viele Leute das gleiche gedacht hatten. Dieses Mal war ich mir ganz sicher. Eine Gruppe ortsansässiger Männer, die im Wald arbeiteten, besuchten Kitty jeden Morgen, weil sie die ersten sein wollten, die den Neuankömmling entdeckten. Einer von ihnen hatte geschworen, er hätte klar erkennen können, wie das Fohlen Kitty kickte. Ich erzählte das dem Tierarzt, damit er auch daran glauben sollte, als ob es das lang erwartete Ereignis wahrscheinlicher machen würde.

Finbar schaute mich einen Augenblick lang an und grinste plötzlich. »Ja, und die Marienstatue von Knock bewegt sich auch, wenn du sie lange genug anschaust.« Mit einem Winken und einer blauen Rauchwolke aus dem Auspuff seines Jeeps verschwand er zu seinem nächsten Patienten.

Noch lagen einige Wochen mehr vor mir, bevor ich die Hoffnung aufgeben würde. Außerdem war da noch Kittys angeschwollenes Euter, das, wie ich ja wußte, voll mit Milch war. Falls sie eine Scheinschwangerschaft hatte, dann jedenfalls mit Grandezza. Das einzige, was mir übrigblieb, war, zu beobachten und abzuwarten.

Nachdem das Wetter sich so außerordentlich verbessert

hatte, war der Boden trocken, und die Arbeit am Weg konnte wieder aufgenommen werden. Allerdings war es offensichtlich, daß die Arbeit nicht nur zwei bis drei Tage in Anspruch nehmen würde, wie der Bauunternehmer anfangs veranschlagt hatte. Erst am vorherigen Tag hatte ich zu meinem Entsetzen beobachtet, wie mehrere Lastwagenladungen Steine, jede zu siebzig Irische Pfund die Ladung, in die mysteriösen Gruben geschüttet wurden, um sie zu füllen. Die Steinbrocken versanken spurlos, und der Baggerfahrer mußte alle wieder herausholen, die Gruben noch tiefer ausbaggern, um den weichen Lehm zu entfernen, und dann die Steine wieder einfüllen.

Überall erschienen kleine Quellen, die vorher noch nicht dagewesen waren, und aus unerfindlichen Gründen öffneten sich neue nasse Stellen. Niemand wußte, ob die alte Steinbrücke häufiges Befahren aushalten würde, falls es je dazu kommen sollte. Ich wollte nicht dran denken, wie hoch die Gesamtkosten für alles sein würden.

Während der Arbeit sprachen Ray und ich über die nicht enden wollende Saga des Weges, als er plötzlich ausrief: »Schau auf die Wand, ungefähr in halber Höhe, ich glaube, da ist einmal ein Fenster gewesen. Ich kann noch einen kleinen Fenstersturz aus Stein erkennen.«

Ich schaute auf den Fleck, auf den er deutete, und sah, daß er recht hatte. Der Fenstersturz war ungefähr sechzig Zentimeter lang, und das Mauerwerk darunter war so kunstvoll eingesetzt, daß es schon des Auges eines Fachmanns bedurfte, es zu entdecken. Da es die Außenwand meines späteren Schlafzimmers war, war ich besonders darauf erpicht zu sehen, wie es früher ausgeschaut hatte. Mit meinen neu erlernten Fähigkeiten brauchte ich nicht lang, um die Steine herauszubrechen und ein kleines Fenster freizulegen. Es war sechzig Quadratzentimeter groß und war wie die restlichen oberen Fenster auf Bodenhöhe. Lag man auf dem Bauch, hatte man eine großartige Aussicht auf die Klippe, die sich oberhalb des Hauses erhob. Eine Bekannte aus dem Dorf machte wundervolle Bleigläser, und ich beschloß, sie zu bitten, mir für dieses kleine Fenster eine Scheibe zu gestalten.

Am späten Nachmittag ging ich hinunter zum Auto, um nachzuschauen, ob mir der Briefträger Post gebracht hatte. Es waren Rechnungen da. Natürlich waren Rechnungen da, aber ich war schon fast immun gegen sie. Und es lag noch ein Brief von Amber dabei, was mich immer freute, aber heute war es ein besonderes Vergnügen, ihre klare, charakteristische Handschrift inmitten dieser unfreundlichen, braunen Umschläge zu entdecken.

Ich öffnete ihren Brief gespannt und hoffte, daß sie das Datum ihrer Ankunft mitteilen würde.

Liebe Mama,

ich hoffe, daß Du nicht zuviel arbeitest, obwohl ich annehme, daß Du es tust. Das ist nur ein kurzer Brief, um Dir mitzuteilen, daß Hilfe naht. Wir kommen am 3. September, und dieses Mal mußt Du uns noch nicht einmal abholen, weil wir mit der Fähre in unserem NEUEN Auto kommen. Kristine fliegt von Los Angeles nach Heathrow, und wir holen sie auf einem Weg ab.

Ich lächelte vor mich hin. Ich wußte, wieviel ihnen dieses alte Auto – ihr erstes – bedeutete. Sie hatten es von Bryns Onkel bekommen.

Bald werden wir die Straße hinauffahren, fertig zum Mithelfen, also bleib am Ball.

Gerade zu diesem Zeitpunkt konnte ich mir weder sie noch irgend jemand anderen die verfluchte Straße heraufkriechen vorstellen, aber es waren ja noch fünf Tage, bevor sie ankamen, und, wie ich es mittlerweile registriert hatte: in kurzer Zeit konnte in Lickeen viel passieren.
Den restlichen Tag verbrachte ich damit, den Schutt, den Ray beim Dachabdecken im oberen Stockwerk hinterlassen hatte, zu entfernen. Man konnte sich deswegen kaum noch bewegen, aber Ray versicherte mir, daß Kalkmörtel hervorragend zum Verfestigen der Straße geeignet war, wenn die Straßenarbeiten beendet waren. So brachte ich eimerweise alles die enge Treppe herunter und häufte es vor der Tür auf. Ich versuchte die aufsteigenden Staubwolken zu ignorieren, die mich dazu brachten, ein Glas Wasser nach dem anderen zu trinken.
Ich arbeitete bis spät in die Nacht, übermannt von manischer Tatkraft, die mich manchmal überkommt und mich für weitere, nützliche Arbeit zumindest für eine Woche unfähig machte. Zu der Zeit, als ich ins Barley Lake Cottage zurückkam, war es fast schon dunkel, und mein Rücken und meine Schultern schmerzten unerträglich. Es gab nur eines, was ich wollte, und das war ein langes heißes Bad.

11
Die Geschichte einer Wanne

Es war bereits drei Jahre her, daß ich eine eigene Badewanne besessen hatte. Egal wie, aber als ich mir meinen schmerzenden Nacken massierte, schwor ich mir, daß ich in Lickeen ein Bad haben würde. Ich hatte mich an die Außentoilette im Barley Lake Cottage gewöhnt, aber ich hatte nie aufgehört, mich nach einem Bad zu sehnen. Während dieser langen badlosen Zeit stand ich manchmal an der Schwelle von besser ausgestatteten Freunden und hielt meinen Waschbeutel und Handtuch kläglich umklammert. Obwohl es nicht dasselbe war. Im eigenen Zuhause kann man ein Fest daraus machen, mit einem Glas Wein und einem guten Buch, vor allem wenn draußen der Wind ums Haus stürmt und heult.

Nicht, daß es nicht möglich war, ohne Bad total sauber zu sein. Im Sommer kauerte ich mich hinter die alte Steinmauer vor dem Cottage und spritzte mich ab, nicht ohne mich vergewissert zu haben, daß keine Bauern mehr da waren, die mit Ferngläsern die Berge nach ihren Schafen absuchten. Im Winter feuerte ich den kleinen Holzofen, bis er prasselte und knisterte. Dann zog ich mich aus und wusch mich vor dem Feuer, immer hoffend, daß nicht ein unverhoffter Besucher vor der Tür stehen würde. Aber, das war nicht dasselbe wie ein totales Eintauchen in heißes oder auch nur lauwarmes Wasser. Ein paarmal brachte mich dieses Verlangen in ziemlich verfängliche Lagen.

»Der Bauernhof von Lickeen lag auf halber Höhe auf einem Berg. Er war verfallen, und der Weg hinauf war unbefahrbar. Es gab weder fließendes Wasser noch Elektrizität, und offensichtlich mußte man Unmengen an Zeit und Geld hineinstecken, um den Hof bewohnbar zu machen …
Ich wünschte mir sehr, dort zu leben.«

Oben:
›Ich hatte aus verläßlicher Quelle erfahren, daß eine Axt das beste Werkzeug war, um die Unmengen Verputz herunterzuschlagen …‹

Links:
»Es bedurfte einer blühenden Phantasie, um sich das spätere Schlafzimmer und die Küche vorzustellen.«

»So lange Gras vorhanden war, wußte ich, daß Kitty nahe beim Haus bleiben würde.«

Rechts:
Anlon, untypischerweise ruhig, in der Sonne dösend.

Barley Lake Cottage zum Verkauf.

Elektra – gekauft wegen der Notwendigkeit, Lickeen mit Strom zu versorgen – betrachtet die Welt durch hoheitsvolle Augen.

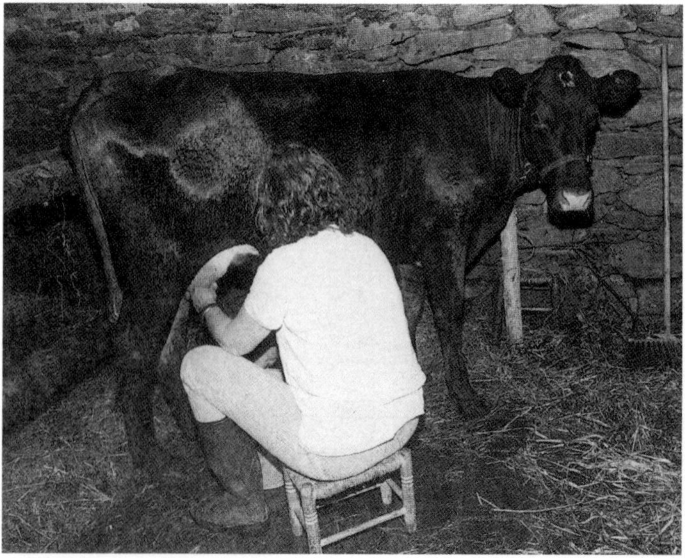

Als sich der Herbst zu Ende neigt und der Winter ins Land zieht, werden die Außenarbeiten am Haus langsam fertig – Tom und Sam sind sichtlich stolz auf das Ergebnis.

Das Glück, Eltern zu sein.

Innen wird das Haus wieder zum Leben erweckt, und Denise bekommt ihr erstes Badezimmer nach drei Jahren.

Oben:
Bei der Arbeit in der Küche – Denise …

Links:
…und Kitty.

Unten:
Leben in West Cork.

Zum Beispiel war da der Vorfall mit der Babybadewanne. Auf einem meiner wöchentlichen Ausflüge nach Bantry hatte ich eine ziemlich große Babybadewanne gefunden. Ich bin nicht gerade klein, aber ich dachte, daß sie mit ein paar Verrenkungen meinerseits passen könnte. An diesem Abend setzte ich mehrere Kessel Wasser auf und heizte den Ofen an. Als ich das heiße Wasser in die türkise Plastikwanne goß, stiegen verheißungsvolle Dampfspiralen auf. Vorsichtig stieg ich hinein und versuchte die süßlichen, grellgemalten Enten in Regenkleidung, die die Seiten schmückten, zu ignorieren.

Wie ich es auch immer versuchte, ich schaffte es nicht, meinen ganzen Körper einzutauchen. Waren meine Schultern unter Wasser, ragten meine Füße am anderen Ende heraus. Ich unternahm einen letzten, verzweifelten Versuch. Ich preßte meine Füße gegen das eine Ende und drückte mich mit Gewalt mit den Schultern hinunter. Die Wanne dehnte sich auch wie gewünscht, und für einen wundervollen, kurzen Augenblick fühlte ich das warme Wasser über meinem ganzen Körper. Dann schnalzte die kleine Plastikwanne plötzlich wieder zusammen, und ich saß festumklammert in der Falle. Die Sekunden des Glücksgefühls wurden ersetzt durch heftigste Verrenkungen, bis ich schließlich kalt und erschöpft in einer Wasserlache auf dem Küchenfußboden lag.

Man könnte nun denken, ich hätte aus dieser Erfahrung gelernt. Weit gefehlt. Als ich in einem Feld eine alte Regentonne aus Eiche entdeckt hatte, dachte ich, ich hätte West Corks Antwort auf die kalifornische Hot Tub gefunden. Ich rollte die schwere Tonne den Hügel hinauf, stellte sie vor dem Haus ab und begann sie von den verschiedenartigsten Pflanzen zu befreien, die sich angesammelt hatten, das meiste davon schleimiger Natur. Dann begann ich Wasser zu kochen. Da es eine sehr große Tonne war, kochte ich sechs Stunden später immer noch Wasser, der Schweiß lief in Strömen an mir herunter, und meine kleinen Küche war in Dampf gehüllt. Aber als die abendliche Dämmerung in dunkelblaue Finsternis überglitt, war ich endlich fertig.

Ich fühlte mich mehr als ein wenig lächerlich, als ich splitterfasernackt auf den Küchentisch stieg, den ich draußen hingestellt hatte, einen Fuß in das dampfende Wasser hielt und dann verzweifelt herumfuchtelte. Die verflixte Tonne schien keinen Boden zu haben. Ein schwarzes Loch hatte offensichtlich seine finsteren Tiefen geöffnet. Dann begann sie unheilvoll zu schlingern. Ich taumelte mit ihr mit und versuchte verzweifelt das Gleichgewicht zu halten, während ich mich plötzlich an den Vorfall mit dem Staubsauger erinnerte.

Ich hatte mein Auto gesäubert. Mein Nachbar am Fuß des Hügels war friedlich seinen bäuerlichen Aufgaben nachgegangen, als er auf einmal einen riesigen, orangefarbigen Staubsauger auf sich zurasen sah. Ich hatte den Fehler begangen, ihn nur für einen Moment loszulassen. Oben auf einem kurzen, steilen Hügel ist nichts sicher, wenn es nicht festgemacht ist. Die Tonne schlingerte ein zweites Mal, und es schaute so aus, als ob die Geschichte sich selbst wiederholen würde. Nur würde es sich diesmal um mich selbst handeln, die splitterfasernackt und umhüllt von den Resten einer Tonne vor die Tür meines leidgeprüften Nachbarn angerollt kam.

Das Schaukeln kam für einen Moment zum Stillstand – genau die Zeit, die ich brauchte, um mein Bein, das nutzlos in der Tonne hing, herauszuziehen, mein Handtuch zu greifen und mich schleunigst nach drinnen zu verziehen, um auf bessere Tage zu warten.

12
Ferien zu Hause

Wir waren an dem Punkt angelangt, an dem der Bagger nichts mehr für meine Straße tun konnte. Dank dem anhaltend guten Wetter hatte er die Löcher aufgefüllt, die Steinbrocken weggeräumt und zu steile Steigungen eingeebnet. Jetzt war es an Ray, meinem Freund mit den vielen Fähigkeiten, sie befahrbar zu machen. Er mußte Anhängerladungen mit Kies verteilen, Furchen auffüllen und die Oberfläche so gestalten, daß Autoreifen nicht rutschen würden. Wenn ich mir den Boden mit den Rillen und Furchen so betrachtete, konnte ich mir beim besten Willen nicht vorstellen, wie er das bewerkstelligen wollte.

Ich verfluchte diesen Weg sowieso. Nach den Endabrechnungen für die ganzen Arbeiten mußte ich wieder zum Bankdirektor gehen und um Hilfe bitten. Es blieb mir nichts anderes übrig. Bevor er nicht befahrbar war, konnten die Leute vom Telefondienst und dem Elektrizitätswerk nicht kommen. Man konnte die Arbeiter verstehen, ich würde auch nicht gerne den Weg mit den riesigen Strommasten zu Fuß hinaufgehen.

Ich saß bei einer Tasse Tee im Barley Lake Cottage, umgeben von Rechnungen. Ich konnte nicht so weitermachen, mit diesem Von-der-Hand-in-den-Mund-Leben. Nachdem wir Lickeen gekauft hatten, hatte ich naiverweise geglaubt, daß der größte Kampf das Renovieren sein würde. Aber jetzt

sah es ganz so aus, als ob die echte Herausforderung darin lag, Lickeen zu halten. Ich schrieb »Anruf beim Bankdirektor« auf die Liste. Sogar jetzt überließ ich mich nicht völlig der Verzweiflung oder dachte an Verkauf und Verlassen, solange ich noch zurechnungsfähig war. Ich hatte die hartnäckige Vorstellung, daß, wenn ich das Richtige für Lickeen tat, es auch für mich das Richtige tun würde.
»Ein wunderbarer Abend«, Rays Kopf erschien in der offenen Eingangstür.
Ich stimmte ihm zu und griff automatisch nach der Teekanne, um ihm eine Tasse einzugießen.
»Nein, danke, für mich nicht«, er hob abwehrend die Hand. »Ich bin nur gekommen, um dir mitzuteilen, daß du jetzt die Straße hinauffahren kannst, das heißt natürlich, nur wenn du willst«, setzte er lässig hinzu.
Ob ich wollte? Ich hatte seit Wochen davon geträumt. Ich hatte mir nie gedacht, daß er das so schnell schaffen konnte. Um ehrlich zu sein, hatte ich nicht gedacht, daß er es überhaupt schaffen würde. Als ich am Nachmittag Lickeen verlassen hatte, war Ray immer noch mit Ausbreiten von Kies beschäftigt gewesen.
Das mußte ich ausprobieren, und zwar sofort. Ich wollte den ganzen Weg bis direkt vor meine Haustüre fahren. Ray verstand mich, als ich mich schnell entschuldigte und die Hunde auf die Ladefläche schickte. Ihnen wäre der Weg natürlich lieber, wenn er für immer unbefahrbar wäre. Tom und Sam hatten noch nie den Sinn des Fahrens verstanden, wenn man statt dessen gehen, rennen und schnuppern konnte. Aber sie sprangen gehorsam hinein, mit geschmerztem Ausdruck auf ihren sonst so gutmütigen Gesichtern, und wir machten uns auf den Weg.
Abgesehen von einem anfänglichen Durchdrehen der Reifen auf dem frischen Kies konnte ich geradewegs vor

die Haustür fahren. Ich saß im Auto und grinste idiotisch vor mich hin. Dann wiederholte ich den gesamten Vorgang noch einmal, ich konnte es einfach nicht glauben.

Wir waren ein paarmal in rasanter Folge hinauf- und hinuntergefahren, bevor ich mich davon überzeugt hatte, daß es wirklich wahr war. Der Ausdruck resignierter Duldung auf den Gesichtern der Hunde war einem Ausdruck schierer Empörung gewichen. Sie dachten offensichtlich, daß ich die ganze Nacht so weitermachen würde, und wollten herausgelassen werden. Widerwillig fuhr ich zu einem unserer Lieblingswanderwege im Wald und war immer noch verblüfft darüber, daß ich morgen tatsächlich zur Arbeit fahren konnte.

Als ich am nächsten Tag am Gatter zu Lickeen ankam, war Ray bereits da und unterhielt sich mit dem Lastwagenfahrer einer Baufirma. Er hatte eine weitere Ladung Baumaterialien für uns. Ray wollte als nächstes die Sickergrube bauen, und der Lastwagen bog sich unter dem Gewicht der Bausteine. Ray sagte dem Fahrer, daß er nun seine Ladung bis direkt vors Haus fahren konnte. Mit einem Blick auf den Fahrer konnte ich erkennen, daß er nicht überzeugt war. Der Zustand meiner Straße war bereits legendär. Während eines besonders heftigen Regenschauers war ein beträchtliches Stück des Wegs weggewaschen worden und auf die Straße geflossen. Deshalb hatte der Verkehr umgeleitet werden müssen. »Sie ist jetzt o.k., großartig«, sagte Ray zu dem Lastwagenfahrer, der zweifelnd der Fahrt von fünfhundert Metern entgegensah. »Ehrlich, sie ist besser als die Autobahn!«

Der Fahrer grinste. »Also werd ich's probieren«, sagte er und legte den Gang ein. Vorsichtig bog er mit dem riesigen Lastwagen durch die Einfahrt und fuhr langsam die Straße hoch. Ich folgte ihm mit respektvollem Abstand. Ich weiß nicht, wie es ihm ging, aber ich hielt den Atem an, besonders als er vorsichtig über die alte Steinbrücke kroch. Als er es bis oben geschafft hatte, wäre ich am liebsten in Hochrufe ausgebrochen. Soweit es mich betraf, war ich voll Rays Meinung. Dieser Weg war besser als jede Autobahn. Ich beschloß den anderen noch nichts von dieser guten Neuigkeit zu erzählen. Ich wollte sie damit überraschen und uns alle bis vor die Haustüre fahren.

An dem Tag ihrer Ankunft waren die Hunde bereits am Fuße des steilen Hügels vor dem Barley Lake Cottage und bellten aus vollem Halse, bevor ich überhaupt bemerkte, daß ein Auto kam. Ich hatte verschlafen und den Morgen damit verbracht, in Windeseile zu backen, aufzuräumen und genügend Bettwäsche herauszusuchen. Jetzt strahlte das Cottage, und es duftete nach frischgebackenem Brot.

Ich lief zum vorderen Eingangstor und kam gerade rechtzeitig, um Amber, Bryn und Kristine in ihrem kleinen blauen Auto den Hügel herauftuckern zu sehen. Sie winkten mir zu und riefen die Hunde, die freudig neben ihnen herumsprangen.

Wir umarmten uns, redeten alle auf einmal, und dann gingen wir hinein, um Tee zu trinken. Später führte ich sie auf das Feld vom Nachbarn, auf dem Elly graste, um sie einander förmlich vorzustellen. Ich beschloß, daß nun der Zeitpunkt gekommen war, ihnen die Neuigkeit von Ellys unerwarteter Trächtigkeit zu verkünden. Weil ich wußte, daß sich Amber immer Sorgen macht, daß ich den Boden unter den Füßen verliere, hatte ich ihr diese überraschende Entwicklung nicht brieflich mitgeteilt.

Entzückt von Ellys feinem, roten Fell und ihren langen, gebogenen Wimpern riefen alle oh und ah, und Elly brüstete sich ob dieser unerwarteten Anerkennung.

»Findet ihr nicht, daß sie ein bißchen rundlich ausschaut?« fragte ich so nebenbei wie ich konnte. Alle schauten mich neugierig an.
»Das ist, weil sie ein Kalb bekommt«, platzte ich heraus.
»Aber bedeutet das nicht zusätzliche Arbeit für dich?« fragte Amber und schaute mich prüfend an.
»Nun, nicht wirklich«, protestierte ich. »Außerdem werde ich wahrscheinlich das Kalb sowieso verkaufen, wenn es ungefähr sechs Wochen alt ist, und das bringt mir dann zusätzliches Geld ein.«
Ein Blick auf Amber genügte, um zu erkennen, daß sie ernstlich bezweifelte, daß ich in der Lage sein würde, ein Tier zu verkaufen, mit dem ich erst mal in Berührung gekommen war, so wie es mit dieser kleinen, roten Kuh gewesen war.
Offensichtlich war es ein hartes Stück Arbeit, sie davon zu überzeugen, daß ich vorhatte, ab jetzt eine verantwortungsvolle und profitorientierte Bäuerin zu werden, auch wenn meine früheren Handlungen von etwas anderem zeugten. Die Tatsache, daß Elly mein Knie liebevoll abschleckte – mit einer Zunge, die rauh genug war, um Teer von der Straße zu heben –, war in diesem Fall wahrscheinlich auch nicht besonders hilfreich.
Amber grinste und hakte sich bei mir unter.
»O Mama«, sagte sie und schüttelte den Kopf.

Als ich am nächsten Morgen aufwachte spürte ich eine unmerkliche Veränderung im Haus. Seit Amber vor einigen Jahren aufs College gegangen war, lebte ich für mich allein. Meistens schwelgte ich in dem Gefühl, daß ich es mir leisten konnte zu essen, wann und was ich wollte, und daß ich kommen und gehen konnte, wann ich wollte. Aber natürlich gab es Zeiten, in denen es mich schmerzte, daß Amber nicht mehr Bestandteil meines täglichen Lebens war. Jetzt überkam mich ein Glücksgefühl, als ich daran dachte, daß sie, nur ein paar Meter entfernt, im Zimmer nebenan schlief.

Ich schlich leise hinunter und schloß die Falltür zu den Mansardenzimmern sorgfältig hinter mir. Ich hatte beschlossen für das Frühstück ein paar Muffins als Überraschung zu backen. Bald duftete die Küche nach Karotten und heißen Rosinen. Es war eigenartig, nicht Brote und Vorräte für den Tag zu packen, aber die anderen wollten einen Ruhetag vom Streß der Stadt einlegen, um sich dem geruhsameren Rhythmus von West Cork anzupassen. Und ich gönnte mir auch eine Pause.

Ich lächelte vor mich hin, als ich daran dachte, was für Gesichter sie gemacht hatten, als wir nach dem Besuch bei Elly hinauf nach Lickeen gefahren waren. Anstatt wie sonst zu parken und hinaufzugehen, hatte ich das Gatter geöffnet, war zurück zum Wagen gegangen und bis vors Haus hinaufgefahren. Ohne Verputz und teilweise verfugt war das Haus für sie ebenfalls eine Überraschung. Da waren die sechs neuen Fenster, die neuen Türen, ein sauber gedecktes Dach, ein intakter Kamin, und Ray hatte den Vorbau bereits halbfertig. Das gröbste Gestrüpp, das um das Haus gewuchert hatte, war verschwunden, und das Haus stand offen und majestätisch da, dahinter die Berge. Sie waren begeistert und erstaunt, wieviel bereits seit dem letztenmal, als sie es gesehen hatten, geschehen war. Es mit ihren Augen zu sehen, half mir, mein eigenes Bild wieder zurechtzurükken.

Die nächsten Tage unternahmen wir nicht viel, wir unterhielten uns und brachten uns gegenseitig auf den neuesten Stand der Dinge. Ohne sie beunruhigen zu wollen, erzählte ich, daß ich beim Bankdirektor gewesen war und er sich zu

meiner großen Erleichterung nochmals bereit gefunden hatte, mir aus der Patsche zu helfen.
Ich schaute hinüber in Ambers besorgtes Gesicht. Wir saßen alle um den Küchentisch herum, tranken Kaffee und tratschten. Ambers dunkles, gelocktes Haar war zu einem Pferdeschwanz gebunden, und ihre dunkelbraunen Augen waren voll Anteilnahme. Wir hatten gemeinsam ziemlich schwere Zeiten hinter uns gebracht, aber auch einige ganz hervorragende miteinander erlebt. Diese selbstsichere, junge Erwachsene, die jetzt vor mir saß, hatte über die Jahre hinweg immer ein anrührendes Vertrauen in meine Fähigkeit zum Überleben gehabt. Manchmal fühlte ich mich etwas deplaziert. Ich hatte Ambers Vater nicht geheiratet und hatte, nachdem ich mich dafür entschieden hatte, sie allein großzuziehen, viele Stunden damit zugebracht, an meiner Fähigkeit zu zweifeln. Wie es sich gezeigt hat, haben wir uns über die Jahre gegenseitig großgezogen. Die Bindung zwischen uns war stark und eng.
Nachdem ich meine gegenwärtige finanzielle Situation erläutert hatte, war es eine Weile lang still. Dann lächelte Amber und sagte: »Jetzt laß uns mal von Arbeit reden. Was sollen wir als erstes tun?« Ich beugte mich über den Tisch und umarmte sie.
Wir waren eine bunte, aber fröhliche Gruppe, als wir uns am nächsten Morgen nach Lickeen auf den Weg machten. Alle hatten sich Arbeitskleidung aus meinem reichhaltigen Fundus ausgeliehen. Wir hatten Sand, Zement und einen Betonmischer, der wieder nur mit einer verflixten Schnur ansprang. Wir wollten uns zusammen ans Verfugen des Mauerwerks machen.
Bald hatte sich jeder sein passendes Werkzeug herausgesucht, um mit der elenden Arbeit zu beginnen. Zuerst

mußten die Spalten zwischen den Steinen gesäubert werden, und dann wurden sie sorgfältig mit Zement verfugt. Wir arbeiteten uns durch mehrere Werkzeuge durch: Löffelstiele, Meißel, Küchenmesser und unerklärlicherweise ein Eischneider. Aber wenn es darum ging, die gesäuberten Spalten mit Zement zu füllen, gab es keine Diskussion. Jeder stimmte zu, daß die menschliche Hand das einzig effektive Werkzeug war, eine Entscheidung, zu der ich nach nur zehn Minuten Verfugen gekommen war.

Die Technik, die ich mir zu eigen gemacht hatte, war einfach, aber wirkungsvoll. Man klemmt den Eimer zwischen sich und den frisch gesäuberten Fleck, dann vergewissert man sich, daß man einen dicken Gummihandschuh anhat, nimmt eine Handvoll Zement, schmiert ihn in die Ritze und versucht, ihn so tief wie möglich mit dem Handballen hineinzudrücken. Später geht man mit einer feuchten Bürste darüber, um die Oberfläche zu glätten. An diesem Tag ging es gut voran.

Amber, Bryn und Kristine paßten sich dem Leben als Schwerarbeiter an, als ob sie dazu geboren wären. Sie gingen jeden Morgen nach Lickeen und ließen mich zurück. Ich schrieb am Morgen, und nachmittags arbeitete ich am Bau. Die erste Geschichte, die ich über Lickeen geschrieben hatte, war von der Zeitung sehr gut aufgenommen worden, und sie hatten sowohl Fotos angefordert als auch eine Fortsetzung.

Obwohl ich zu dem Fototermin in Lickeen erhitzt, nervös und zu spät erschienen war und überdies Jeans anhatte, die so eng waren, daß ich mich noch nicht einmal hinsetzen konnte (deswegen waren sie auch immer sauber), waren die Fotos gut. Nicht, daß ich irgendwelche Zweifel an den fachlichen Fähigkeiten meines Fotografenkollegen hatte, aber ich hatte immer das Gefühl, daß ich auf Fotos leicht gestört aussehe. Dieses Mal lag ein milder und versonnener Ausdruck auf meinem Gesicht, so daß ich mich anfangs gar nicht erkannte, als ich die ersten Abzüge sah. Mit den vergangenen chaotischen Wochen hatten sie nicht viel gemein. Die Hunde lagen rührend und liebenswert da, und Kitty blickte nachdenklich kauend in die Kamera. Wir schauten alle aus, als könnten wir kein Wässerchen trüben.

Die zwei Wochen, die wir zusammen verbrachten, vergingen wie im Flug. Wir hatten das ganze Land auf Lickeen abgewandert und Pläne gemacht, was wir tun würden, wenn wir Geld hätten. Wir hatten von der alten Ruine, die später einmal Ambers und Bryns Haus sein würde, Dornen und Gestrüpp entfernt und mitten in den verfallenen Steinen eine winzige, wunderschöne, blaue Glasflasche gefunden. Wir hatten den Bauplatz, auf dem Kristine ihr Haus bauen wollte, aufgesucht und die sechzig Meter hohe Klippe, die ein Teil der Grenze zu Kristines Land ist, bestaunt. Kristine lebte zu weit weg, um so oft, wie sie es wollte, zu Besuch zu kommen; Amber und Bryn waren auf dem College und mußten mit ihren Stipendien haushalten. Es war das erste Mal, seitdem wir Lickeen gekauft hatten, daß wir alle beisammen waren, und wir machten das Beste draus.

Sie fütterten die Kuh, schauten nach den Pferden und kochten vorzüglich. Sie würden mir fehlen. Am meisten würde ich die Gespräche vermissen, die wir führten, wenn wir am Küchentisch saßen und das schmutzige Geschirr sich in der Spüle türmte. Es waren anregende Gespräche mit breitgefächerten Themen, die oft bis in die Nacht hinein dauerten. Für sie war noch nicht der Zeitpunkt gekommen, an dem sie sich hundertprozentig an Lickeen binden wollten. Sie waren alle noch zu sehr damit beschäftigt, ihr

eigenes Leben zu ordnen und ihre Zukunft zu formen. Aber ich war entschlossen, daß Lickeen immer für sie dasein sollte, für uns alle.
Sogar die Hunde schauten am Tag ihrer Abfahrt niedergeschlagen aus. Sie lagen in der Nähe des Ofens eng nebeneinander, ostentativ das Gepäck, das in der Mitte des Raums aufgetürmt war, ignorierend. Es war immer dasselbe, dachte ich traurig, als ich den Rucksack von irgend jemand zum Auto trug. Ich war fest entschlossen, nicht sentimental zu werden, aber wie vorhergesehen, überkam es mich doch. Aber ich war nicht allein, wir alle schluchzten, umarmten uns, weinten noch ein bißchen und umarmten uns wieder. Schließlich fuhr der blaue Datsun Cherry den kurzen, steilen Hügel vom Barley Lake Cottage hinunter. Ich versuchte mich mit dem Gedanken aufzumuntern, daß wir an Weihnachten wieder zusammensein würden, und das war ja nicht allzulange hin.
Die Hunde wedelten nur schwach mit dem Schwanz, als ich zurückkam, sie waren augenscheinlich auch deprimiert. Im Cottage hing ein Gefühl von hohler Leere, wie es manchmal entsteht, wenn man auszieht, der hohle Klang von neugeschaffenem Platz. Wir konnten alle einen Spaziergang verkraften, dachte ich und gab meinen halbherzigen Versuch, das Geschirr zu waschen, auf.
Anfangs waren die Hunde weniger erfreut. Genau wie ich, hätten sie es vorgezogen, zu Hause herumzugammeln und den Rest des Tages vor dem Ofen zu liegen. Aber nach ein paar Kilometern auf der Barley-Lake-Straße ging es uns besser. Von den Cahabergen wehte eine steife Brise, und der Himmel hing dunkel und tief über den zerklüfteten Gipfeln.
Die Wildheit in diesem Teil des Tals war zugleich düster und

aufheiternd, besonders an einem emotionalen Tag wie diesem.
Ich saß da und schaute gedankenverloren auf das graue, gekräuselte Wasser des Barley Lake, bis mich die ersten schweren Regentropfen nach Hause zu der Wärme des Feuers trieben. Morgen würde der Installateur kommen und das Leben seinen gewohnten Gang gehen. Dafür wollte ich bereit sein.

13
Das Ende des Sommers

Der September neigte sich dem Ende zu, und Kitty hatte immer noch kein Fohlen bekommen. Es wurde Zeit, daß ich mich mit der Tatsache abfand, daß sie auch keines bekommen würde. Hier lag ein klassischer Fall einer Scheinschwangerschaft vor, mit allem Drum und Dran, sogar mit einer üppigen Milchproduktion. Als ich den Hufschmied im Dorf traf, erzählte er mir, daß er bereits von vielen Stuten gehört hatte, die diesen eigenartigen und mysteriösen Prozeß durchlaufen hatten.

Es war eine große Enttäuschung, vor allem weil Kitty bereits ein Alter erreicht hatte, in dem nicht mehr garantiert war, daß sie in Zukunft nochmals ein Fohlen bekommen könnte. Anlon war vielleicht ihr einziger Nachfahre, ein Wunderfohlen, das geboren wurde, als niemand es für möglich gehalten hatte. In dem unwahrscheinlichen Fall, daß sie in diesem Jahr noch gedeckt werden sollte, würde dieses Fohlen zu spät auf die Welt kommen, um noch in den Genuß des reichhaltigen Grases von Frühling und Frühsommer zu kommen.

Ich seufzte und massierte Kittys starken Nacken. Sie knabberte forschend an meinen Taschen. Trotz der Arbeit, die in der Aufzucht eines Fohlens steckt, hatte ich mich darauf gefreut, wieder jemand mit Freudensprüngen über die Felder springen zu sehen. Aber wenn es um Tiere ging, so lernte ich täglich, konnte man auf nichts setzen. Ich mag ja

vielleicht Landwirtschaft in nur sehr geringem Umfang betrieben haben, aber ich mußte jeden Tag neu lernen, daß ein wichtiger Teil des gesamten Vorgangs aus geduldigem Hinnehmen bestand.
Es gab einen positiven Aspekt an der Scheinschwangerschaft, den ich übersehen hatte. Ich konnte Kitty jetzt wieder reiten. Angesichts ihrer »heiklen Lage« wurde sie weder geritten noch hatte sie arbeiten müssen, obwohl sie besonders große Futterrationen bekam, die sie mit sichtbarem Wohlbehagen hinunterschlang. Wahrscheinlich lachte sie sich heimlich eins ins Hüfchen. Da sie nicht geritten wurde, waren ihr die Hufeisen vor einiger Zeit abgenommen worden. Bevor ich sie nun wieder auf die Straße brachte, brauchte sie neue.
Den Hufschmied zu bestellen bedeutete immer etwas Besonderes für mich. Er war der letzte Mann in der Umgebung, der noch die aussterbende Kunst des Hufebeschlagens beherrschte. Da er weder Auto fuhr noch ein Telefon besaß, bestand die Kontaktaufnahme darin, ihn aufzuspüren. Das bedeutete normalerweise, das Pub in seinem Dorf anzurufen und eine Nachricht zu hinterlassen.
Als ich ihm das erste Mal beim Arbeiten zusah, war ich mehr als ein bißchen verwirrt. Gelassen zog er einen kleinen Hibachi-Grill hervor, einen Staubsauger und einen Sack Kohle. Für einen Moment dachte ich, daß wir eine Art improvisiertes Picknick veranstalten würden. Diese Geräte entpuppten sich aber als kongeniale Lösung, die nicht mehr existierende Schmiede – einst der Mittelpunkt des dörflichen Lebens – zu ersetzen.
Sein Staubsauger gehörte noch der Generation mit den alten Zylindern an, und an der Rückseite des Grills war eine Vorrichtung für seinen Stutzen. Nachdem er Feueranzünder und ein paar Stücke Holz bereitgelegt hatte, befestigte

er den Schlauch an der Rückseite des Grills und steckte den Staubsauger in die nächste zur Verfügung stehende Steckdose. Damit entfachte er einen gewaltigen Zug, der das Feuer in kürzester Zeit zum Lodern brachte. Im passenden Moment fügte er die Kohle hinzu, und bald war das Feuer heiß genug, um die paßgerechte Formung des Hufeisens an den Huf des Pferdes vorzunehmen.

Was dieser Mann nicht über Pferde und ihre Beine wußte, war mit Sicherheit auch sonst nicht der Rede wert. Und die Geschichten, die nach dem Hufebeschlagen bei einer Brotzeit erzählt wurden, waren voll Magie – seltsames Verhalten von Pferden vor langer Zeit, Dorfgeschichten, als die Schmiede noch der Treffpunkt war und der Schmied sein König und von seinem Großvater, der für seine handgefertigten Schmiedeeisengitter bekannt war, von denen eines heute noch existiert.

Ich rief bei dem Pub an und erhielt fast umgehend seinen Rückruf. Er sagte, jemand habe ihm abgesagt und er könne bereits am nächsten Tag kommen, wenn ich ihn abholte. Normalerweise mußte man immer ein paar Wochen warten, weil seine Dienste so begehrt waren.

Am nächsten Nachmittag lehnte Kitty sich mit ihrem nicht unbeträchtlichen Gewicht an ihn, als er draußen vor dem Barley Lake Cottage ihre großen Hufe bearbeitete. Der Schweiß strömte ihm über das Gesicht, und die kalte Luft war erfüllt mit dem Geruch von versengtem Huf und abkühlendem Metall. Hatte er das Hufeisen zu seiner Zufriedenheit zurechtgeformt, tauchte er es in einen Eimer mit heißem Wasser. Danach kam die trickreiche Arbeit des Hufannagelns. Ein Ausgleiten konnte den Nagel in den Strahl des Hufes treiben, und das Pferd wäre für immer lahm.

Der Rauch von den Flammen des Kohlefeuers blies in unsere Augen und Nasen. Die Hunde schlichen um unsere Füße herum und suchten nach Stückchen von Kittys Hufen, die der Hufschmied abgefeilt hatte. Sie fanden diese Stückchen unwiderstehlich. Als ich das erste Mal sah, wie sie entzückt daran knabberten, kam es mir so vor, als ob jemand die Nagelreste, die beim Fußnägelschneiden übrigblieben, hinunterschlang – ein bißchen eklig. Aber der Schmied erklärte mir, daß diese Reste viel Protein enthielten und die meisten Hunde sie klugerweise schätzten.

Kitty strahlte mit ihren vier glänzenden, neuen Hufeisen, die Hufe sauber zurechtgefeilt und geschnitten. Sie war nun bereit, auf vielen Wegen und Pfaden mit mir einen Steptanz zu wagen. Nach dem Tee und den Geschichten luden wir das Werkzeug des Hufschmieds in meinen Wagen und fuhren in sein Dorf zurück, wo bereits ein anderer Kunde auf ihn wartete. Ich wollte auch schnell wieder zurück, weil ich mit Kitty auf einem der Waldwege reiten wollte, bevor es zu dunkel wurde.

Ich war gerade dabei, nach ihrem Geschirr zu sehen, das einige Zeit nicht benutzt worden war, als das Telefon läutete. Zuerst hörte ich weg, dann dachte ich aber, es könnte vielleicht ein Verleger sein, der mir einen gutbezahlten, aufregenden Auftrag anbot. Es sind schon eigentümlichere Dinge vorgekommen.

Ich kannte die Stimme am anderen Ende der Leitung nicht. Ich konnte nur erkennen, daß es sich um einen älteren Mann handeln mußte. Er sagte, daß er von Limerick anriefe. Er hatte die Geschichte von Lickeen in der Zeitung gelesen, und er wollte mir mitteilen, wie sehr sie ihm gefallen hätte. Ich dankte ihm. »Jedenfalls, es ist so«, fuhr er mit zitternder Stimme fort, »ich habe ganz schön gespart, und ich verstehe viel von Kühen.«

Ich murmelte etwas Höfliches, irgend etwas in der Art, daß

ich sie auch gern mochte. Ich wußte nicht, worauf diese Unterhaltung hinauslief, und außerdem sah ich, wie es draußen dunkler wurde.
»Nun, ich komme zum Grund meines Anrufs«, fuhr er lebhaft fort. »Für mich schaut es so aus, als könntest du einen Mann gebrauchen, und ich dachte, daß ich dich mal besuche. Es gibt allerdings noch etwas ...« Er machte eine kleine Pause und fand offensichtlich nicht gleich die richtigen Worte für das, was er mir als nächstes sagen wollte. »Ich wollte nur wissen«, brach es endlich aus ihm heraus, »ob du noch im empfängnisfähigen Alter bist?«
Daß er vermutlich bereits gut über achtzig war, schien ihm kein Problem zu bereiten. Wie es schien, war er vielleicht zu allem, was er vorschlug, noch in der Lage, aber dieses einzige Mal hieß ich die Gedanken besser als die Taten. Ich dankte ihm für seinen Anruf, und es gelang mir, ihn höflich abzuweisen, indem ich ihm zu verstehen gab, daß ich mich von seinem Vorschlag sehr geschmeichelt fühlte, aber anderweitig gebunden sei.
Als Kitty, die Hunde und ich, in Frieden mit der ganzen Welt, durch den dämmrigen Wald trabten, konnte ich den nagenden Gedanken nicht verscheuchen, daß ich eines Tages, wenn ich es am wenigsten erwartete, aus dem Fenster sehen würde, und ein lebensfroher Achtzigjähriger käme flotten Schritts den Weg herauf und würde um meine Hand anhalten.

Zur Zeit war ich mit einer Arbeit beschäftigt, die mir fast damenhaft vorkam, ich flieste die Küchenfensterbänke mit Schieferplatten, die vom Dach übriggeblieben waren. Es war eine leichte Arbeit und sehr befriedigend. Die alte Küche hatte sich seit den schuttbeladenen Tagen sehr verändert. Jetzt war die Installation fertig und vier Heizkörper und eine

Spüle eingebaut. Vor meiner neuen Haustür stand eine uralte Badewanne aus Gußeisen, die noch vor ein paar Wochen als Wasserbehälter für die Kühe eines Nachbarn gedient hatte. Ich hatte sie für zwanzig Irische Pfund gekauft, und nach einer gründlichen Reinigung sah sie makellos aus. Ich konnte kaum erwarten, sie eingebaut zu sehen. Die Verfugung an den Außenwänden war fertig, und ich hatte innen den ganzen Verputz heruntergehauen. Ray hatte die Klärgrube am unteren Ende des Gartens gebaut und plante, in der nächsten Woche mit dem Badezimmer zu beginnen. Jetzt freute ich mich auf die schönen Arbeiten – Wände zu streichen, meine Sachen einzuräumen und mich vor den riesigen offenen Kaminen mit einem großen Whiskey niederzulassen.

Nachdem ich fertig gefliest hatte, stand ich draußen und schaute über die Berge. Eine plötzliche Windböe fegte orange Blätter vor meine Füße. Der Sommer war vorbei. Langsam, aber unübersehbar, hatten die goldenen, rostbraunen und bernsteinfarbigen Schattierungen die vielen verschiedenen Grüntöne verdrängt. In der Luft lag eine ungewohnte Schärfe, und es duftete nach feuchten Blättern und überreifen Brombeeren.

Letzte Woche war ich auf einer Fahrt nach Glengarriff gewesen, um Besorgungen zu erledigen. Ich mußte hinter Bussen herfahren, die vermutlich die letzten Touristenbusse der Saison waren. Sie veranstalteten auf der engen Straße (der einzigen Straße) komplizierte Manöver. Touristen in knalligen Trainingsanzügen nippten draußen vor den Pubs an irgendwelchen Getränken und freuten sich an der warmen Herbstsonne. Die Souvenirläden, die die Straße säumten, machten noch gute Geschäfte. Bald würden die Tische samt Sonnenschirmen nach innen geräumt werden, und die meisten Souvenirläden würden schließen. Als ich in dem

kleinen Dorfladen darauf wartete, bedient zu werden, fragte ich mich, ob die anderen Kunden genauso überrascht waren, wie ich es seinerzeit gewesen war, daß sie an diesem entlegenen Fleck gute Weine, Pasteten, Tofu und viele andere exotische Dinge kaufen konnten.
Im Winter bekam man in dem kleinen Laden, dessen Besitzer jedes Gesicht kannte, auch eine gute Auswahl von Videos zum Ausleihen. Dann konnte ich mich wieder auf den neuesten Stand von Filmen bringen, die ich sehen wollte, denn ein Kinobesuch bedeutete eine Reise von gut über hundertsechzig Kilometern. Bevor ich nach Irland gekommen war, hatte ich mir einen kleinen Fernseher mit eingebautem Videogerät gekauft, und Videosehen in meinem kleinen Cottage war ein Wintervergnügen, auf das ich mich bereits freute. Es würde besonders kuschelig in dem Vorderzimmer in Lickeen sein, wenn das Feuer prasselte.
Der Touristenstrom in der Saison trägt in Glengarriff nicht nur zum nötigen Einkommen der Region bei. Die Besucher sind auch interessant und abwechslungsreich, besonders nach den langen und nur langsam verstreichenden Wintermonaten, in denen nichts passiert und man jeden Wagen, der auf den verlassenen Straßen fährt, kennt. Vor ein paar Jahren ließ sich in Glengarriff eine besonders pittoreske Gruppe nieder und blieb auch für eine ganze Weile. Es waren Hare Krishnas, die sich entschlossen hatten, einen verlassenen Hof oben auf den Bergen zu kaufen, nicht weit entfernt von Lickeen. Die Ortsansässigen beobachteten sie mit unverhohlenem Vergnügen. Abends gingen in den Pubs Geschichten herum, über ihre Gesänge, ihr Vegetariertum und ihre seltsamen Bräuche. Aber irgendwann hatte man sich daran gewöhnt, sie mit ihren Gummistiefeln, in die sie ordentlich ihre safrangelben Überwürfe gesteckt hatten, den Weg herunter ins Dorf kommen zu sehen. Die

Leute hatten sich auch daran gewöhnt, daß man nach ihren Gruppensitzungen, bei denen sie sich alle eine Glatze scherten, wochenlang keine Rasierklingen im Dorf kaufen konnte.
Eines Tages traf einer der Krishnajünger auf seinem Weg ins Dorf auf einen Dorfbewohner. Der Weg war ziemlich eng, und so trat er einen Schritt beiseite, um den älteren Mann vorbeizulassen, und murmelte »Hare Krishna«, die übliche Begrüßungsformel. Entschlossen, sich nicht in Sachen Höflichkeit von einem Fremden übertrumpfen zu lassen, vor allem nicht von einem, der orangefarbene Umhänge und grüne Gummistiefel trug, antwortete der alte Mann »Harry O'Sullivan, guten Morgen«, und ging weiter.
Eine andere Geschichte, die immer wieder gerne erzählt wird, betrifft die Zeit, als die Krishnas von einem der fahrenden Zigeuner ein Pferd gekauft hatten. Das stämmige Pony war weniger als vierundzwanzig Stunden in ihrem Besitz, weil es sich nämlich mit dem sicheren Instinkt einer Brieftaube auf den Weg zu seinen Vorbesitzern gemacht hatte. Vermutlich hatte es dies schon öfters getan. Es ist wohl unnötig, zu erwähnen, daß die Zigeuner nicht lange genug herumhingen, um diese Meinung zu diskutieren.
Die Krishnas zogen dann auf eine Insel an der Nordküste, zumindest wird es so erzählt, um dort ihren britischen Steuerbefreiungsstatus zu reaktivieren. Aber die Erinnerung an sie bleibt bestehen.

Ich saß vor meiner neuen Vordertür, betrachtete wie die Sonne hinter den Bergen verschwand und wartete auf die letzten schimmernden Strahlen, die alles in Gold tauchten. Einen wunderbaren Augenblick lang war ich voll Sehnsucht, hier zu leben, als letztes vor dem Schlafengehen die Stille zu fühlen und jeden Morgen diese großartige Aussicht vor

Augen zu haben. Wenn alles nach Plan liefe, würde ich auch nicht mehr lange warten müssen. Ich hoffte darauf, in der Woche vor Weihnachten einziehen zu können.

Ich ging um das Haus herum zu dem Stall, wo Kitty zufrieden mampfte. Es war Zeit zum Barley Lake zurückzugehen. Ich machte die Führleine an ihrem Halfter fest, pfiff nach den Hunden und schickte mich an, den dunklen Weg hinunterzugehen.

Ich hatte den größten Schutt, der in dem Stall war, entfernt – Steine, Bäume und diverse Teile alter landwirtschaftlicher Maschinen. Jetzt war er geräumig und groß genug für meine ganze Menagerie. Außerdem war es ein ideales Lager für das Heu, das ich bald brauchen würde. Der Stall war einstöckig und aus demselben Naturstein gebaut wie das Haus. Das gesamte Gebäude war auf einem riesigen Fels errichtet worden, der auch den größten Teil des Fundaments bildete und von der Stalltür steil zum Wohnhaus abfiel. An der Außenwand standen mehrere große, flache Steine hervor, die natürliche Sitzgelegenheiten boten und so aussahen, als ob sie von Generationen von Hinterteilen blankgescheuert waren. Da Kitty und ich das meiste des Gestrüpps entfernt hatten, saß ich gerne vor dem Stall und stellte mir vor, wie viele Tiere, besonders Pferde, hier über die Jahre hinweg unter dem Dach Schutz gefunden hatten. Ich hatte nämlich im Stall einige Hufeisen in verschiedenen Größen gefunden.

Eigentlich wollte ich alte Schieferplatten für das Stalldach auftreiben, aber ich hatte eingesehen, daß ich es mir nicht leisten konnte. So hatte ich mich mit Wellblech abgefunden, aber entschlossen, daß ich es, wenn es genügend verwittert war, mit einer schönen Farbe streichen würde. Den Tieren war es sowieso egal. Der alte Stall würde ein feines behagliches Winterquartier für sie abgeben.

Er war nur noch nicht einmal fünf Meter vom Haus entfernt, und Ray betonte immer wieder, daß das zu nah war, aber mir machte es nichts aus. Ich wußte auch, daß ich zu diesen Bauern gehört hätte, die vor vielen Jahren, als das noch ganz normal war, den Stall nicht nur nahe am Haus hatten, sondern die Stallbewohner im Haus selbst willkommen hießen. Außerdem war die Nähe dieses Gebäudes bestimmt von Vorteil, wenn Elly Anfang nächsten Jahres ihr Kalb bekommen sollte.

Beim Umzug wollte ich auch die Tiere nach Lickeen heraufbringen. Noch mochte ich mir nicht vorstellen, was passieren würde, wenn sich Kitty und Elly, die jetzt eine sehr eifersüchtige und besitzergreifende, kleine Kuh war, zum ersten Mal gegenüberstehen würden.

14
Barley Lake

Das Verputzen war zu viel für mich, ich gab mich geschlagen. Ich hatte es geschafft, nicht »Du nimmst mich wohl auf den Arm!« zu Ray zu sagen, als er mir das Gerüst zeigte, auf das ich klettern mußte, um den Verputz an der Giebelseite des Hauses herunterzuschlagen. Ich hatte gelernt, wie man die sperrigen Zementsäcke aufhob, und ich wußte, welche Mischung die beste zum Verfugen war. Ich hatte sogar gelernt, den Betonmischer zu starten – aus purer Verzweiflung. Aber, obwohl ich wirklich alles versucht hatte, ich konnte nicht verputzen. Jedesmal, wenn ich einen Klumpen der dicken grauen Mixtur an die Wand warf – mit einem, wie ich fand, gelungenen Schwung aus dem Handgelenk –, blieb sie für einen kurzen Moment kleben, glitt dann aber ab und fiel mit einem seufzendem Klatscher auf den Boden. Die paar Bahnen der Wand, an denen es mir gelungen war, etwas von dem Mörtel haften zu lassen, sahen aus wie die Oberfläche eines Kuchens, der in die Hände eines geisteskranken Zuckerbäckers gefallen war. Es war auch nicht gerade hilfreich, daß sie direkt neben den gleichmäßigen Stellen waren, die Ray offensichtlich mühelos glattgestrichen hatte. Ich haßte alles, was mit Verputzen zusammenhing, das Mischen, den Geruch und den Schmutz, und so ging ich den meisten inneren Wänden aus dem Weg. Das Abhauen vom Verputz war schon schlimm genug gewesen. Dann, an einem Tag Ende Oktober, erschienen auf der

Waldstraße auf geheimnisvolle Weise schwere Masten, die für die Kabelführung bestimmt waren. Zu guter Letzt war der Strom auf dem Weg nach Lickeen.

Vertrauensvoll erwartete ich, daß die eifrigen Arbeitstruppen folgen würden, und ich rief aufgeregt beim Elektriker an, daß er sofort kommen sollte, um die Leitungen zu legen. Das tat er, aber es vergingen mehrere Wochen und nichts geschah. Die Masten lagen da, als ob sie vergessen worden wären. Ich führte einige verzweifelte Telefongespräche mit dem Elektrizitätswerk und erhielt das Versprechen, daß sehr bald jemand kommen würde.

In der Zwischenzeit wurde unser Arbeitsleben immer schwieriger. Mitunter konnte man bereits mittags in dem düsteren, verschwommenen Herbstlicht nicht mehr erkennen, was man gerade arbeitete. Ich mußte mit einer Taschenlampe leuchten, damit Ray eine besonders dunkle Ecke angehen konnte. Wir hatten beabsichtigt gehabt, erst zu verputzen, nachdem der Elektriker dagewesen war, aber Ray mußte zwei Wochen lang zu einer anderen Arbeitsstelle, und ich wollte fertig werden. So hatten wir beschlossen gleich zu verputzen, und der Elektriker sollte dann seine Kabel darüber verlegen, ich konnte später immer noch darüberstreichen.

Aber der Elektriker hatte sich dieser schlampigen Vorgehensweise widersetzt und sorgfältig Furchen aus dem neuen Verputz herausgemeißelt, um seine Kabel zu verlegen. Jetzt mußte irgend jemand wieder darüber verputzen, bevor er seine Arbeit abschließen konnte. Dann erst bekam ich meine Sicherheitsbescheinigung, die mich endlich befähigen würde, Strom zu bekommen.

Es gab nichts daran zu rütteln: da Ray nicht da war, mußte ich es selber machen. Das Licht war an diesem Tag besonders schummrig, und natürlich regnete es, daher mußte ich den Zement im Vorbau anrühren. Ich kratzte das, was vom Kalk übrig war, zusammen und schmiß aufs Geraetwohl mehrere Handvoll davon in den Sand und Zement. Das ist auch das System, das ich beim Kuchenbacken anwende, und meistens gelingt es ziemlich gut. Aber in meinem Mehl sind meistens weder Hobelspäne noch Verputzstücke. Ich dachte mir schon, daß sich die Mischung ziemlich körnig anfühlte, als ich ungeschickt versuchte, sie auf der Wand zu verstreichen, aber zu dieser Zeit war es praktisch unmöglich, etwas zu erkennen. Ich beruhigte mich selber mit dem Gedanken, daß ich ja immer noch die schlimmsten Klumpen und Beulen am nächsten Tag mit dem harten Besen abbürsten konnte.

Im kalten, hellen Licht des darauffolgenden Morgens hatte ich mal wieder Gelegenheit, das Ergebnis meines Werks zu betrachten. Ich verbrachte mehrere Stunden damit, Hobelspäne aus dem jetzt harten Zement herauszukratzen, mit denen der Kalk durchsetzt gewesen war. Sie schauten wie Konfetti aus und gaben dem Haus ein festliches Flair. Aber ich konnte nichts mehr gegen die Verputzbröckchen tun, die jetzt fest an der Wand geklebt waren. Die würden mich jetzt für immer verfolgen, und kein wie auch immer gearteter Versuch würde sie glätten können.

Inmitten des Chaos, das Lickeen immer noch war, schaute ich manchmal gebannt über das Tal. Es glitzerte mit dem letzten Aufbäumen von Farbenpracht. Ich dachte über das Jahr nach, das sich jetzt dem Ende zuneigte. Es war eine seltsame und wunderbare Zeit gewesen, erschöpfend und aufregend zugleich. Bald würde ich hier leben, meine Tage in den Bergen verbringen und in den langen Winternächten von den Winden, die von den Cahabergen wehten, in den Schlaf gewiegt werden. Ich konnte es nicht mehr erwarten.

Aber bevor dieser Tag kam, brauchte ich noch einmal eine Pause. Zwischen der Arbeit am Haus, den Tieren und den Artikeln, die nun auf den Schreibtischen einiger Verleger lagen, waren meine Nerven ein wenig angespannt. Endlich war auch mit der Arbeit an den Strommasten, Kabeln und Transformatoren begonnen worden, aber es stellte sich als schwierigeres Unterfangen heraus, als das Elektrizitätswerk angenommen hatte. Ich war nicht überrascht. Der Boden, in den die Masten hineinkommen sollten, war überwachsen und felsig. Manchmal hatte ich Angst, daß die Arbeiter einfach angewidert aufgeben und weggehen würden. Wenn ich nun einen Tag im Barley Lake Cottage nur mit Herumliegen, Lesen etc. verbringen würde, dann mich die ganze Zeit wegen der vielen Dinge, die liegenblieben, Schuldgefühle plagen. So beschloß ich, mir einen echten freien Tag zu gönnen und mit den Hunden zum Barley Lake hinaufzugehen.
Der Barley Lake ist ein abgelegener, noch aus der Eiszeit stammender, See, in dem Fischreiher jagen. Er liegt umgeben von kargen und wunderschönen Bergen, und ich hatte hier schon viele schöne Stunden vor mich hin geträumt. Manchmal hatte ich mich aber auch eigentümlich unbehaglich gefühlt und wurde von einem plötzlichen Impuls befallen, mich umzuschauen, obwohl ich genau wußte, daß nichts und niemand da war. Manche Leute glaubten, daß die Seelen der Toten im See wohnten. Vielleicht war es auch so, denn viele Dorfgeschichten erzählten davon. Eine der bekanntesten ist die von Duffy, dem Bootsverleiher, den man manchmal sehen konnte, wie er geduldig in seinem kleinen Boot auf Fahrgäste wartete. Die, die dumm genug waren, seiner stillen Einladung Folge zu leisten, wurden nie wieder gesehen.
Eines Abends, als ich mit den Hunden oben saß und mich

an der Aussicht erfreute, sah ich in der Dämmerung etwas, das aussah wie eine Flotte kleiner Boote, die am anderen Ende des Sees fest vertäut waren. Jedes Boot hatte ein zyklopenhaftes Auge, ähnlich dem, das ich einmal in Malta gesehen hatte. Ich blinzelte heftig und schaute nochmals genau hin. Sie waren immer noch da und schaukelten sanft in den Wellen. Die Hunde schienen nichts Außergewöhnliches zu bemerken. Sie lagen ausgestreckt auf den Felsen und schliefen friedlich. Offensichtlich würden sie beim Ermitteln keine Hilfe sein, falls wir einem übersinnlichen Phänomen auf der Spur wären. Ich zwang mich nochmals, auf den sich verdunkelnden See hinauszublicken. Genau in diesem Moment wurden die Boote von den untergehenden Sonnenstrahlen erfaßt, und der See lag im flammenden Rot. Einen Augenblick lang sah es so aus, als ob das Feuer sie hungrig verzehrte, dann waren sie verschwunden. Es lag nur der dunkle, stille See da, umgeben von den leeren, zerklüfteten Klippen, genau wie immer, und der Reiher balancierte im flachen Gewässer auf einem schmalen Bein, geduldig wartend.

Aber abgesehen von übersinnlichen Phänomenen hat der Barley Lake auch sonst eine besondere Anziehungskraft, die mich immer wieder an seinen Kieselstrand treibt. Sogar im Sommer ist es ein extrem friedlicher Ort. Die meisten Touristen, die sich durch die Haarnadelkurven der engen Bergstraße hochgekämpft haben, gehen meist nicht weiter als bis zu den Aussichtsklippen. Um den See zu erreichen, muß man ein langes Stück sumpfiges und bergiges Gelände durchqueren, und ich habe Touristen gesehen, die einen zweifelnden Blick auf den jähen Abstieg, dann einen auf ihr Schuhwerk geworfen und sich dann eines Besseren besonnen hatten. So kann man normalerweise davon ausgehen, den See mehr oder weniger für sich zu haben.

Die Hunde und ich ignorierten die paar dunklen Wolken, die über den frühmorgendlichen Himmel zogen, als wir uns auf den Weg machten. Ich schloß die Cottagetür fest hinter mir zu und schnallte mir den Rucksack um.

Wir schritten den schmalen Paß zügig voran, der Winter hatte hier schon Einzug gehalten. Die Berge waren kahl und braun und hatten das Aussehen geduldigen Wartens angenommen, das ein Zeichen für den Wintereinbruch ist. Rund um den Torfstich, von dem sich die meisten Nachbarn noch immer ihren Heizvorrat für den Winter holen, lagen nasse, dunkelbraune Torfstückchen herum, die zu klein waren, um sie aufzusammeln. Vor uns lagen die Berge, endlos ausgestreckt, ruhig und völlig still.

Als wir das Ende der Straße erreicht hatten, ruhten sich die Hunde und ich zwischen den Felsbrocken aus, die den See überblickten. Sie waren mit leuchtendgrünen und roten Flechten bedeckt, die prächtige Muster bildeten, ganz so, als ob kunstvolle Seidenstoffe ausgebreitet wären, und sie waren erstaunlich warm. Linker Hand konnte ich das dunkle Wintergrün der Fichten im Glengarriffer Wald sehen und darunter den Einschnitt der Bantry Bay.

Ich blickte gebannt auf das geschützte Wasser, das von Stahlgrau zu einem hellen, schimmernden Türkis wechselte und von der blassen Wintersonne angestrahlt wurde.

Ich hatte nun genug von der Stille und erhob mich von meinem Platz, um den Wolken zuzuschauen, die hoch über mir vorbeiglitten. Ich hatte mich auf ein Buch gestützt, das ich mitgenommen hatte, obwohl ich wußte, daß ich es wahrscheinlich gar nicht öffnen würde. Nachher wollte ich zu einem handtuchgroßen Strand gehen, an dem ich gerne saß, und den Hunden Steine ins Wasser werfen. Jetzt war ich erst mal zufrieden, überhaupt nichts zu tun. Das würde wahrscheinlich mein letzter fauler Tag

für eine lange Zeit sein, und ich wollte das Beste daraus machen.
Früher einmal hatte dieses ganze ungezähmte Land sowie Whiddy Island, der Glengarriffer Wald und noch mehr den Lords von Bantry gehört. Der Adel ließ es sich zu dieser Zeit gutgehen. Einer aus dem Bantry-Clan baute eine kleine einfache Jagdhütte, und eine Gruppe von ihnen ritt mit edlen Pferden hinauf, wo sie eine Hasenjagd durch die wilden Berge veranstalteten. Nachts bauten sie große Feuer auf und feierten die am Tag erlegte Beute. Heute existieren von der Jagdhütte nur noch einige Steine, und ich habe noch nie einen Hasen gesehen.
An einem Morgen sah ich zwei junge geschmeidige Ottern, die am Kiesstrand ein köstliches Frühstück in Form einer frischen Lachsforelle einnahmen. Ich weiß nicht, wie die Fische in den See gekommen sind und wie sie es fertiggebracht haben, sich nicht nur in diesem See, sondern auch in den dreihundertfünfundsechzig anderen, die sich über die Bearahalbinsel verteilen, zu vermehren. In dem See waren nie, wie in manchen anderen Seen in der Umgebung, Fische eingesetzt worden.
Ich lag zufrieden eingerollt in meinem Felsspalt und rätselte über dieses Geheimnis, bis mich der Schlaf übermannte. Ich träumte von riesigen Fischen in Regenbogenfarben, die ein Zyklopenauge hatten, Geschöpfe aus alter Zeit, die zu Wasser wie zu Lande lebten und in schillernden Schwärmen frei von See zu See zogen.
Als ich schließlich aufwachte, fühlte ich mich ausgeruht und total erfrischt, als ob ich mehrere Tage lang geschlafen hätte und nicht nur etwas über eine Stunde. Die Hunde schauten mich hoffnungsvoll an und wedelten mit dem Schwanz. Sie wollten Wasser, Steine und lange Wanderungen über weit entfernte Berge, und das wollte ich auch. Sie verbrachten

den größten Teil des Nachmittags damit, ein Kaninchen zu jagen, das vermutlich nur mit ihnen spielte. Als wir zum Barley Lake Cottage zurückkamen, streckten sie sich sofort vor dem Feuer aus und schliefen ein. Zwischendurch zuckten und knurrten sie und träumten von dem Kaninchen, das entwischte.

Als Vorbereitung für meinen Umzug nach Lickeeen beschloß ich, daß dieser Abend eine gute Gelegenheit war, meine Schachteln mit Fotos durchzusehen. Seit Jahren schleppte ich sie mit mir herum, mit der festen Absicht, sie eines Tages in einem Fotoalbum einzukleben. Zum ersten Mal war ich nicht erschöpft. Ich brachte die zwei Schachteln herunter, zerrte sie zu dem Kaminvorleger und gesellte mich zu Tom und Sam. Bei solchen Gelegenheiten bilden die Hunde eine praktische Tischfläche. Bald waren sie total mit Fotos bedeckt, aber keiner von ihnen muckste sich.

In dem ganzen Wust von Bildern vergangener Jahre stieß ich auf ein Bündel mit Fotos, die in Los Angeles aufgenommen worden waren; aus der Zeit, als ich für den *National Enquirer* gearbeitet hatte. Ich schaute sie neugierig an. Es bestand keine Ähnlichkeit mehr mit den Fotos, die erst kürzlich von mir in der Zeitung erschienen waren. Man hätte es nicht für möglich gehalten, daß es sich um dieselbe Person handelte.

Ein Foto aus der guten alten Zeit ließ mich wirklich erschauern. Ich steckte in einem extrem häßlichen rosa Anzug, fertig um mit Lou Farrigno Fitneßübungen zu veranstalten. Seinen Fans ist er besser unter dem Namen *Hulk* bekannt. Ich erinnerte mich an diesen unglückseligen Vorfall, als wäre es gestern gewesen.

Lou hatte ein neues Fitneßcenter in Santa Monica eröffnet. Vermutlich hoffte er, daß die körperbesessenen Los Angelinos ihm viel Geld dafür zahlen würden, damit sie auch so aussehen konnten wie er: mit schwellendem Bizeps und einem Hemd, das in Streßzeiten zuvorkommenderweise aufplatzte. In Wirklichkeit war Lou ein sehr netter Mann, einer der wenigen Berühmtheiten, die nicht gleich nach Weihwasser griffen, wenn sie nur die Worte *National Enquirer* hörten.

Als Lous Agent die Zeitung wegen dieses Artikels anrief, fiel die Wahl auf mich, die unerschrockene, weibliche Reporterin, über dieses Ereignis zu berichten. In dem Foto, das ich in den Händen hielt, grinste Lou breit vor sich hin, was man ihm auch nicht verübeln konnte, denn ich lag ausgestreckt auf einer dieser chromblitzenden Foltermaschinen und bot der ganzen Welt den Anblick eines sehr wütenden, gestrandeten Wals, eingehüllt in rosa Lycra. Eine Freundin, die immer auf Diät war, hatte dieses Foto auf ihre Kühlschranktür geklebt und behauptete, daß es für sie eine hilfreiche Abschreckung darstellte, wenn die Versuchung sie überkam.

Es war jetzt kaum nachvollziehbar, daß ich mich je in teuren Restaurants in Beverly Hills hinter Palmen herumgeschlichen hatte und hervorragende Essen auf Kosten des *Enquirer* eingenommen hatte, in der vergeblichen Hoffnung, daß irgendeine unter Drogen stehende Berühmtheit mir um den Hals fallen würde und darauf bestünde, mir die schmutzigen Geheimnisse ihres Geschlechtslebens mitzuteilen. Heutzutage war das nächste chinesische Restaurant neunzig Kilometer entfernt. Essen zu gehen bedeutete jetzt ein Lachssandwich und ein Bier im Pub. Wenn ich mir das Foto so betrachtete, konnte ich wirklich nicht sagen, daß ich das bedauerte. Heute war ich eine schlanke, zähe Kampfmaschine, die ungeahnte Kräfte entwickelt hatte, die sogar meinen alten Freund Lou beeindrucken würden, könnte er mich jetzt sehen.

Um Mitternacht hatte ich die Fotos mehrerer Jahre sortiert, Hunderte ausrangiert und eine Schachtel säuberlich in einer Ecke verstaut. Es wurde mir auf einmal bewußt, daß das das erste war, was ich gepackt hatte. Früher oder später würde ich umziehen. Ich würde das Barley Lake Cottage vermissen. Langsam warf ich die letzten, ungewollten Fotos ins Feuer und schaute zu, wie sie braun wurden, die Ecken sich kräuselten und plötzlich in Flammen aufgingen. Es sah so aus, als ob wir Weihnachten schließlich doch in Lickeen verbringen würden.

15
Und es *ward* Licht

Elly, die sonst so flink und rüstig war, wurde zusehends schwerfällig. Obwohl es erst November war, schaute sie schon voluminös aus. Wenn sie sich im Feld mit einem dankbaren Stöhnen niederlegte, schien sich ihre Größe zu verdreifachen. Sie war viel zu dick, um bis zum März auszuhalten, wann das Kalb angeblich fällig war, und ihr Euter wurde größer und begann sich zu füllen. Die allgemeine Ansicht war, daß sie eine gute Milchkuh werden würde. Ob ich jedoch eine gute Milchmagd werden würde, würde sich erst herausstellen.

Ich konnte mich nicht von den Vorstellungen von Kälberstricken und Kneifzangen lösen, Werkzeugen, die manchmal bei schwierigen Geburten benötigt werden, wenn das Kalb entweder zu groß war oder falsch lag. Manchmal träumte ich von Stierkalbzwillingen, die bei der Geburt so groß wie Elly waren und einen Oberkörper wie amerikanische Fußballspieler hatten.

Es schien schon Jahre herzusein, daß ich den unschuldigen Antrag auf Elektrizität gestellt hatte. Manchmal gab es Zeiten, in denen mir die ganze Situation so bizarr vorkam wie eine Geschichte vom *National Enquirer.* Ich tröstete mich mit dem Gedanken, daß jetzt in meinem Leben eine Zeit gekommen war, in der ich neue und offensichtlich nicht im Zusammenhang stehende Fähigkeiten erlernen würde.

Trotz meiner Sorge blühte Elly auf. Ihr geschmeidiges, rotes

Fell wurde dichter und lockig, und sie strotzte vor Gesundheit. Ich bemerkte, daß sie, wenn sie ein paar Tage am Barley Lake verbrachte, für mehr als zwei fraß und gierig das Gras, das Anlon und Kitty übriggelassen hatten, hinunterschlang. Glücklicherweise sind Pferde und Rinder weidemäßig eine gelungene Mischung. Jeder frißt dort, wo der andere nichts frißt, und so ist das Endergebnis ein gutgestutzter und gutgedüngter Rasen. Sie nehmen auch gegenseitig die Parasiten des anderen auf und zerstören sie. Als ich das erste Mal über Tierhaltung las, war ich entsetzt über die Menge von verschiedenen und widerlichen Wurmbefällen, zu denen Tiere neigen. Das ist die Art von Information, die einen nachts nicht schlafen läßt und jegliche Art von Hilfe, die diese Biester umkommen läßt ist ein maßgeblicher Pluspunkt. Ich führte ein Buch darüber, wann ich bei den Tieren eine Wurmkur machte, und Einträge wie »Elly – Leberegel« erschienen genauso regelmäßig wie Anmerkungen über Abgabetermine von Artikeln.

Wenn ich Zeit hatte, schrubbte ich Elly mit der steifen Bürste mit langen Borsten ab, die ich für die Pferde benutzte. Das liebte sie, und sie bog ihren Rücken und stupfte mich, wenn ich aufhörte, zart mit dem Kopf, damit ich weitermachte. Ich hatte versucht, eine Führleine an den Halfter, den sie manchmal trug, festzumachen und mit ihr über das Feld zu gehen, was einfacher war als der Versuch, sie einzufangen. Sie ging ein paar Schritte, dann hielt sie an, trieb ihre Füße in den Boden, ließ den Kopf sinken, und um nichts in der Welt war sie weiterzubewegen. Ihr schien diese ganze Idee total blödsinnig zu sein. Ich fragte mich, wie lange ich wohl brauchen würde, um sie bis nach Lickeen hinaufzubringen. Ich hatte das Gefühl, daß Elly und ich wohl die landschaftlich schönere Strecke nehmen würden.

Kitty hatte keine Einwände dagegen, geführt zu werden,

aber sie hatte ja auch mehrere Jahre Training hinter sich. An guten Tagen hatte auch Anlon nichts dagegen. Er war so groß geworden, daß ich mich strecken mußte, um ihm den Halfter umzulegen. Im Frühling sollte er zu einem Pferdeexperten auf der anderen Seite von Bantry kommen, um seine ersten Trainingsstunden als Reitpferd zu bekommen. Wenn ich zusah, wie er auf dem Feld beim Spiel mit seiner Mutter um sich trat und stieß, war ich überfroh, daß ich diese Aufgabe nicht übernehmen mußte. Mein Reittalent war mehr auf Kittys langsamen Gang und Trab abgestimmt.

Ray war wieder auf Lickeen, und ich war sehr froh, daß er zurückgekehrt war. Es war immer noch so viel zu tun, und wenn ich mein Einzugsdatum einhalten wollte, blieb nicht mehr viel Zeit übrig. Er hatte den Wiederaufbau des Vorbaus fast beendet, und ich half ihm dabei. Wenn wir eine Pause machten, konnten wir die Geräusche der Arbeiter hören, die gerade dabei waren, kräftige Kabel zwischen den Masten zu spannen. Bevor sie in diese Phase eintraten, hatten sie einige Tage damit verbracht, gefährlich überhängende Äste zu entfernen. Dann waren sie wegbeordert worden, um weiter unten auf der Bearahalbinsel Sturmschäden zu beseitigen, die an Stromkabeln entstanden waren. Ich konnte es kaum fassen, als sie die Arbeit beendet hatten. Der ganze Vorgang hatte schon so lange gedauert, daß ich bereits einen irrsinnigen Tornado oder einen plötzlich auftauchenden Schneesturm erwartete, der sie davon abhielt, die Arbeit zu vollenden.

Als einer der müden und schmutzigen Männer an diesem Nachmittag auf seinem Weg zum Lastwagen an meinem Haus vorbeikam, fragte ich zum x-ten Male: »Wie lange dauert's noch?«

»Vielleicht bis heute abend. Es kommt auf das Wetter an.«

Er warf einen abwägenden Blick auf die sich verdunkelnden Wolken. »Wenn wir heute nicht fertig werden, dann aber definitiv morgen«, fügte er hinzu, um mich aufzumuntern. Sie wurden an diesem Tag nicht fertig, und das Wetter wurde über Nacht noch schlimmer. Aber am nächsten Morgen erschien der Arbeitstrupp in der Früh, angetan mit gelbem Ölzeug. Gerade als es anfing, dunkel zu werden, hielt der Strom Einzug in Lickeen. Ein Nachbar, der die Barley-Lake-Straße hinaufging, um eines seiner widerspenstigen Schafe zu suchen, hatte genau in dem Moment zu Lickeen hinübergesehen, als der Strom eingeschaltet worden war, und das Haus und die umgebenden Hügel waren plötzlich in Helligkeit erstrahlt. Er erzählte mir, daß er stocksteif dagestanden hätte, baß erstaunt über dieses Schauspiel, und dann vor sich hingesprochen hätte: »Mutter Gottes, schau dir das an. Es ist Licht, wo vorher noch nie Licht war.«

Er konnte nicht mehr überrascht gewesen sein, als ich es war. Ich hörte mitten in der Arbeit auf und ging von einem Lichtschalter zum anderen und knipste sie beglückt an und aus. Elly verdiente an diesem Abend eine Extraportion. Schließlich wäre das alles ohne sie nicht möglich gewesen.

Wenn wir jetzt arbeiteten, konnten wir Dinge erledigen, unabhängig davon, ob es draußen dunkel oder dämmrig war. Und wir konnten zum erstenmal die elektrischen Werkzeuge benutzen. Das war eine große Hilfe für Ray, der den Vorbau beendet hatte und jetzt angefangen hatte, den Boden des Schlafzimmers zu legen, wo auch bald die Toilette und das Bad hinkommen sollten. Ich hatte nicht vorgehabt, neue Böden einzuziehen. Wir hatten die alten genau inspiziert, ein paar Holzwurmlöcher gefunden und ab und zu einige Unebenheiten, aber es war nicht schlimmer, als man es in jedem anderen alten Haus erwarten würde. Die Bodenbretter waren belastbar und für jetzt gut genug. Dann, eines Tages, ich war gerade wieder dabeigewesen, Verputz im oberen Stockwerk abzuhacken, und ich schwang die Axt halb wahnsinnig vor Wut, weil mich diese Arbeit schon krank machte, traf ich auf ein Mauerstück nahe der alten Balkenenden. Ungefähr dreißig Zentimeter unterhalb der Decke waren die Steine nur lose verfugt und nie mit Zement befestigt worden. Ray sagte, daß dies daher kam, weil das Haus früher reetgedeckt gewesen war, und als es vor ungefähr sechzig Jahren mit Schiefer gedeckt wurde, waren die Steine für die Aufstockung genommen worden. In meiner Rage legte ich einen riesigen Steinblock frei, der mich um Haaresbreite verfehlte und dann durch die Bodenbretter in die Küche krachte. Es war offensichtlich, daß zumindest dieser Boden nicht mehr tragbar war.

Heute war die Küche leer und, so Gott wollte, das letzte Mal von Staub und Zement befreit und saubergewischt. Die neuverputzten Wände verbreiteten noch immer den scharfen, feuchten Geruch, aber sie trockneten ziemlich schnell aus, und ich würde bald streichen können. Das Austrocknen des Putzes war genau der Entschuldigungsgrund, den ich brauchte, um beide Kamine den ganzen Tag zu beheizen. In dem kleinen offenen Kamin im Vorderzimmer war ein Wasserboiler installiert worden, und die Heizkörper, die daran angeschlossen waren, machten die Luft im Haus feucht und warm. Ich saß gemütlich auf einem alten Baumstumpf vor dem Kamin in der Küche, während draußen der Regen gegen die Fensterscheiben prasselte, und dachte darüber nach, wie ich die Räume einrichten und in welcher Farbe ich die Wände streichen würde.

Dann nahm das Unheil seinen Lauf. In letzter Minute bekam Ray die Grippe, zusammen mit der halben Bevölkerung des Tals. Ich bekam sie nicht, aber mit meinen Weihnachtsvorbereitungen lag ich weit zurück, und ich mußte einen Weg finden, das Haus bezugsfertig zu bekommen. Bryn und Kristine würden wegen unerwarteter Familienangelegenheiten nicht zu Weihnachten kommen, aber Amber würde bald hiersein.

Das Badezimmer mußte noch gebaut werden, und die gußeiserne Badewanne und meine neue Toilette mußten installiert werden. Der größte Teil der Decke im Obergeschoß wartete noch darauf, isoliert und verschalt zu werden. In den Wänden waren immer noch einige große Löcher, die der Installateur beim Verlegen der Rohre hinterlassen hatte. Er wollte wiederkommen, wenn er die Armaturen im Bad anschließen konnte – falls es mal eines geben sollte. An der Hintertür fehlten zwei Glasscheiben, und ich hatte noch nicht mit dem Malern angefangen. Die letzten Tage hatten darin bestanden, daß ich wie verrückt zwischen beiden Häusern hin- und herfuhr, und in dem einen versuchte, sperrige Rollen Isoliermaterial auszumessen, und im anderen, verschiedenste Sachen in Kartons zu werfen, was nur dazu führte, daß ich das Chaos in beiden Häusern vergrößerte.

Als ich am dritten Tag dieser unmöglichen Regelung ins Barley Lake Cottage zurückkam, machte ich mir einen extrastarken Tee. Ich saß inmitten der Überbleibsel meiner Habe, nippte an meinem Tee und erinnerte mich an meine Tagträume, die ich im frühen Sommer gehabt hatte – Winterrosen, die sich um die Tür rankten, ein angelegter Garten in zauberhafter Blüte und vor allem ein Gefühl wohlgeordneter Ruhe in dem frisch gestrichenen Inneren meines neuen Hauses.

Am nächsten Morgen wurde ich durch einen glücklichen Zufall Sean vorgestellt, einem Dorfbewohner, der in England arbeitete und über die Ferien nach Hause gekommen

war. Sean war Bauarbeiter, Schreiner, Alleskönner und war angetan von der Idee, ein bißchen in den Ferien zu arbeiten. Zuzüglich zu seinen vielen Fähigkeiten kam außerdem, daß er sehr gut mit Tieren umgehen konnte und eine sanfte, liebenswürdige Art hatte. Diese wurde bis zum Äußersten geprüft, als er anfing, in Lickeen zu arbeiten.
Er verlegte den Boden fertig, befestigte die Isolierung und zog glücklich los, die Tiere zu füttern. Plötzlich waren es nur noch zwei Tage bis zum Umzug und fünf Tage bis Weihnachten. Sean arbeitete rund um die Uhr, während ich unten Farbe auf die Wände strich. Er war nicht ein einziges Mal niedergeschlagen oder verlor die Beherrschung. Er arbeitete einfach zügig weiter mit dem Ziel vor Augen, daß das Haus bezugsfertig war, wenn der Viehtransporter, den ich bestellt hatte, mit meinen Dingen ankam.
Am letzten Nachmittag dieses Marathons kamen die Leute, die den Fußboden verlegen sollten. Ursprünglich hatte ich geplant, daß ich bereits lange davor mit dem Malern und anderen Schmutzarbeiten fertig wäre, aber mittlerweile hatte ich jeden Gedanken an logische Schlußfolgerungen aufgegeben. Als sie weggingen, war das Haus verändert. Das Vorderzimmer und das Obergeschoß waren mit sanft heidefarbenem Teppichboden ausgelegt und die Küche mit dem Vorbau mit einem blaßgrauen Linoleum. Das Haus schaute wunderbar aus – ruhig, sauber und erwartend.
Als die Teppichverleger wegfuhren, kam der Installateur. Sean hatte es irgendwie geschafft, das Badezimmer zu errichten, und nun warteten die Toilette, das kleine Waschbecken und die gußeiserne Badewanne darauf, angeschlossen zu werden. Die Toilette und das Waschbecken stellten kein Problem dar. Sie waren leicht, und Sean und ich hatten sie bereits in den neugebauten Raum geschafft. Die Badewanne war ein anderes Kaliber.

Vier Leute – der Installateur, sein Gehilfe, Sean und ich – brauchten über eine Stunde, um die Badewanne ins Haus zu hieven und sie die engen Treppen heraufzumanövrieren. Dieser letzte Abschnitt der Unternehmung bedeutete Stricke an ihr zu befestigen und sie von oben heraufzuziehen. Am Ende waren wir heiß, verschwitzt und erschöpft. Aber endlich war die Badewanne an ihrem Platz und an das Wasser angeschlossen. Der Gedanke war merkwürdig, daß ein kleines Rohr im Fluß das ganze Haus mit Bad und allem Drum und Dran mit Wasser versorgte.

Sean und ich arbeiteten noch weiter, als der Installateur uns verlassen hatte. Wir machten nur eine kurze Pause, um eine Pizza im Ofen warm zu machen. Wir saßen da und kauten, zu müde, um uns noch zu unterhalten und um unsere Energie für den Rest der Arbeit aufzubewahren. Ungefähr um zehn Uhr am Abend, als wir wieder an der Arbeit waren, wurde das Haus plötzlich von Autoscheinwerfern beleuchtet, die die Straße heraufkamen.

Es war mein Freund Dermot, der Bauer, der seinen kleinen Lastwagen hoch mit Heu und Stroh beladen hatte. Ich hatte schon vergessen, daß ich es bestellt hatte. Er war selbst sehr beschäftigt gewesen und hatte daher nicht früher kommen können. Für Sean und mich war es eine willkommene Abwechslung, und wir gingen nach draußen, um abladen zu helfen.

Es war eine klare, ruhige Nacht, kein Mond und ungefähr eine Million Sterne, die am Himmel blinkten. Eines Tages, schwor ich mir, würde ich ein Teleskop kaufen und es in einer Nacht wie dieser auf die Klippe, die hinter dem Haus ist, mitnehmen, die Sterne beobachten und etwas über die Sternbilder lernen. Auf dem kurzen Weg vom Haus zum Stall hatte ich zwei Sternschnuppen gezählt, und ich konnte

einen Satelliten erkennen, der quer über den offenen Nachthimmel zischte.
Die Heuballen verströmten den Duft vom Sommer. In dem getrockneten Gras waren Klee, Disteln und wilde Kräuter, die sich warm anfühlten. Bald waren sie in einer Ecke des Stalles ordentlich aufgeschichtet und füllten ihn mit ihrem Aroma. Es war erstaunlich, wie der Stall plötzlich zum Leben erwachte, er wirkte jetzt entschlossen, zu allem bereit. Ich konnte es nicht mehr erwarten, die Tiere nach Lickeen zu bringen. Ich war mir sicher, daß sie ihre neue Unterkunft lieben würden. Aber jetzt mußte ich mich noch um die winzige Kleinigkeit meines eigenen Hauses kümmern. Ich wollte schließlich morgen einziehen.
Ich ging zurück zum Malern. Ich war müde und begann mir Dinge vorzustellen – ich versuchte einen Türgriff zu fassen, der gar nicht da war, hörte draußen Stimmen und ging zur Vordertür, weil ich dachte, daß wir mitternächtliche Besucher hätten. Um ungefähr zwei Uhr nachts bemerkte ich, daß ich die gleiche Stelle mindestens dreimal gestrichen hatte. In der Eile war keine Zeit gewesen, einen Voranstrich aufzutragen, und so hatte ich mich für eine Qualitätsfarbe entschieden, von der es hieß, daß kein Voranstrich nötig sei. Einige Stellen brauchten aber doch einen, und ich hatte schnell den Überblick verloren, bei welchen ich mehr als einmal drübergestrichen hatte. Es war mir inzwischen auch egal.
Ich war bereits jenseits von Müdigkeit und befand mich schon seit einigen Stunden in einer Art Dämmerzustand. Als es anfing hell zu werden und die Morgendämmerung heraufzog, wußte ich, daß wir bald aufhören mußten, ob wir fertig waren oder nicht. Der Mann mit dem Viehtransporter wollte um acht Uhr dreißig am Barley Lake Cottage sein, und ich hatte noch kaum zu packen angefangen.

16
Endlich ein Zuhause

Versuche nie genau vor Weihnachten umzuziehen, vor allem nicht, wenn das Haus sich vorher in abbruchreifem Zustand befunden hat! Mein eigener, lang erwarteter Umzug nach Lickeen hatte alles, was zu einer ordentlichen Katastrophe dazugehört. Jeden Augenblick konnte Amber eintreffen, und sie wurde lediglich von riesigen Bergen mit Umzugskisten und Stapeln gesammelter Habseligkeiten willkommen geheißen.

Ermattet inspizierte ich das Chaos, das sich Barley Lake Cottage nannte. Mein sonst so aufgeräumtes, geordnetes Zuhause schaute aus, als ob eine Räuberbande darin gehaust hätte. Sean, der sich wild entschlossen bereit erklärt hatte, mir beim Umzug vom Barley Lake zu helfen, war umgehend auf dem Sofa eingeschlafen, und seine Tasse Tee stand kalt und vergessen daneben.

Theoretisch gibt es keinen Grund, warum jemand nicht organisiert umziehen kann, mit beschrifteten Kartons, gut verschlossenen Behältern und dergleichen mehr. Ich habe einmal mit einer Frau zusammengewohnt, die genau so umgezogen war, und bei diesem Umzug stand ich mit offenem Mund da und bewunderte die militärische Präzision, mit der die Sache vonstatten ging. Ich bin viele Male umgezogen und habe dieses Ideal leider nie auch nur annähernd erreicht.

Dieser Umzug war besonders grauenhaft. Ich suchte auf

dem vollgepfropften Küchentisch nach einer Tasse, denn ich benötigte dringend einen starken Tee, und zwar Mengen davon. Ich fand eine, die als Behälter für Büroklammern gedient hatte, leerte sie aus und setzte den Wasserkessel auf. Die Hunde lagen draußen vor der Tür und schauten von der Nasen- bis zur Schwanzspitze tieftraurig aus. Sie waren zu dem Schluß gekommen, daß ihr gewohntes Leben aufhören würde, und sie wollten noch nicht darüber nachdenken, was als nächstes passieren würde. Ich wünschte, ich wäre in der Lage gewesen, ihnen zu erzählen, daß alles gutgehen und wir bald nach ihrem geliebten Lickeen ziehen würden, aber gerade in diesem Augenblick glaubte ich es selber kaum.

Beim Trinken meines Tees fuhr ich fort, Sachen in Umzugskartons zu stopfen und auf jedem verfügbaren Platz auf dem Boden neue Stapel zu bilden. Währenddessen lauschte ich, ob ich das Geräusch eines sich nähernden Lastwagens hören konnte. Sean schlief immer noch.

Es war gut, daß der Lastwagenfahrer spät dran war. Als er endlich ankam, hatte ich gerade eine Fuhre fertig gepackt. Der Transport ging so vor sich, daß wir alles, was wir auf den Armen tragen konnten, in den offenen Lastwagen warfen, bis nichts mehr in ihn hineinging. Nachdem wir ihn vollgeladen hatten, fuhr er nach Lickeen.

Als ich ins Haus zurückkam, schaute es auch nicht anders aus als zuvor. Im Gegenteil, es wirkte, als sei es noch voller als vorher. Wenn wir so weitermachten, würde es noch den ganzen Tag dauern. Bei der zweiten oder dritten Fuhre nahm der Fahrer meine kleine Couch mit dem gesamten Bettzeug, das obenauf getürmt war. Er klemmte sich die Decken unter den Arm, als plötzlich ein markerschütternder Schrei zu hören war. Sean hatte sich in seinem Tiefschlaf in den Decken vergraben, und wir hatten ihn ganz vergessen. Er reckte und streckte sich, grinste uns breit an, stürzte seinen kalten Tee hinunter und begann uns zu helfen.

Was auch immer für Schwierigkeiten an diesem langen Tag auftauchten, der Lastwagenfahrer hatte stets eine aufmunternde Antwort auf den Lippen: »Kein Problem!« sagte er und quetschte einen Kleiderschrank durch das enge Treppenhaus und durch die genauso enge Haustür. »Kein Problem!« sagte er beim Jonglieren von Gegenständen und bahnte sich seinen Weg über Hindernisse hinweg. Zum Ende des Nachmittags hin sagte jeder von uns immer, wenn wir auf Schwierigkeiten stießen: »Kein Problem!«, und dann brachen wir alle in hysterisches Gelächter aus.

Als wir mit der letzten Ladung die Straße hinauffuhren, wurde es gerade dunkel. Meine Habseligkeiten lagen überall verstreut umeinander. Möbel und Umzugskartons mit Büchern und Kleidern standen noch draußen und mußten noch vor Dunkelheit hereingebracht werden. Das Haus war bereits bis zum Bersten vollgestopft. Das ging über meinen Verstand, dieses Haus war größer als das Barley Lake Cottage, und eigentlich sollte viel mehr Platz sein. Aber, ich hatte es geschafft. Endlich wohnte ich in Lickeen.

Was ich mehr als alles andere wollte, war Schlaf, ob auf oder neben den verschiedensten herumliegenden Stapeln. Obwohl ich nicht mehr in der Lage war, irgendeinen Satz zu beenden und mich auf einsilbiges Grummeln beschränkt hatte, war nichts zum Essen im Haus, und ich war entschlossen, Sean, der in der Ecke beim Kamin in der Küche saß, etwas zum Essen vorzusetzen.

Draußen war es dunkel, still und sehr kalt. Die Mauern meines neuen Zuhauses waren fast einen Meter dick, und die Kamine waren den ganzen Tag durchgeheizt worden. Durch das ganze Gehetze war mir der plötzliche Temperaturabfall gar nicht bewußt geworden, aber meine Autoschei-

ben waren mit einer dicken Frostschicht bedeckt, und der alte Renault wollte nicht anspringen.
Erschöpft fuhr ich ins Dorf hinunter und kaufte ein paar Flaschen Wein, einige Mars-Riegel und lieh mir ein Video aus, das sich als das schlechteste, das ich jemals gesehen hatte, herausstellen sollte. Irgendwo im Hinterkopf hatte ich das unbestimmte Gefühl, daß diese Nacht etwas Besonderes war und ein Anlaß, den man mit etwas Bedeutenderem als einer lauwarmen Pizza begehen sollte. Ich entschied mich für Eier und Pommes frites. Die konnten wir essen und dabei ein Video sehen, der Gipfel an Spießbürgertum. Ich packte meine Einkäufe zusammen und machte mich auf den Weg nach Hause. Bald würde ich schlafen können.
Wir lagen vor dem lodernden Feuer im Vorderzimmer auf dem, was gerade verfügbar war, aßen, tranken Unmengen Wein und versuchten schläfrig, den Sinn des Filmes zu erfassen. Das letzte, an das ich mich erinnere, war eine aufgedonnerte, typische Barfrau mit einem Dekolleté, das tief blicken ließ; sie versuchte ihrem Ehemann einzureden, daß sie sich einen Liebhaber um seinetwillen und nicht um ihretwillen genommen hatte.
Am nächsten Morgen erwachte ich benommen, und mir tat alles weh. Sean war irgendwann in der Nacht vernünftigerweise heimgefahren, wahrscheinlich hatte ihn der schlechte Film in die Flucht geschlagen. Er hatte die Sachen vom Abendessen abgeräumt und noch Geschirr gespült, bevor er gefahren war. Ich hätte noch eine Woche lang weiterschlafen können, genau auf dem Platz, auf dem ich lag, zusammengekauert auf einem Stoß von Teppichen. Leider hatte ich dazu keine Gelegenheit. Amber kam morgen, und heute war mein erster Tag in meinem neuen Zuhause. Daraus wollte ich das Beste machen, wenn ich nur gewußt

hätte, wo der Kaffee und der Wasserkessel steckten. Ich brauchte meinen Morgenkaffee ganz dringend.

Aber als ich den Wasserhahn aufdrehte, geschah nichts. Ich rüttelte ein bißchen und drehte ihn auf und ab. Immer noch kein Wasser. Ich gab ihm einen leichten Schlag mit dem Hammer, aber es nützte nichts. Das Wasser, das den ganzen Sommer unerschöpflich geflossen war, versagte jetzt seinen Dienst.

Ich machte die Vordertüre auf und stapfte nach draußen, um nachzusehen, ob ich den Fehler finden konnte. Die eisige Luft schlug mir ins Gesicht, aber andererseits war es einer der schönsten Morgen, die ich je erleben durfte. Der Frost, der sich während der Nacht gebildet hatte, war mehrere Zentimeter dick, knackte unter den Füßen und schaute aus wie Schnee. Der Himmel war so blau wie die Schweizer Alpen, und die Sonne schien mit blendendem Glanz über diese Pracht. Tausende winzige Eissplitter funkelten in tanzendem, blauen Feuer. Auf den Spitzen der Cahaberge lag feingestäubter Schnee, und die Fichten im Glengarriffer Wald schauten aus, als ob man sie aus einer Weihnachtskarte ausgeschnitten und mit Glimmer besprüht hätte.

Über Nacht war alles festgefroren, der Wagen, der Matsch vor meiner Hintertüre, ein paar kleine Pfützen und natürlich meine Wasserleitung. Ich mußte nur darauf warten, daß es taute. Ich zog Gummistiefel und meinen geräumigen Mantel an. Als ich dem Wetter entsprechend gekleidet war, nahm ich einen Eimer, rief nach den Hunden und machte mich auf den Weg zum Fluß. Sam und Tom waren natürlich begeistert. Offensichtlich begrüßten sie den Einfluß, den Lickeen auf mich hatte. Sie wedelten mit dem Schwanz und schienen zu sagen, so soll man leben, wach auf, verschwende keine Zeit mit Anziehen oder Kaffee, sondern mach dich sofort auf die Socken zu einem ausgedehnten Spaziergang! Wir eilten zum Fluß.

Als es schließlich an diesem Morgen taute, bemerkte ich bei genauerer Untersuchung, daß der Frost so streng gewesen war, daß er die Verbindungen der Wasserrohre gesprengt hatte. Während ich darauf wartete, daß es wärmer wurde, versuchte ich noch schnell, zum Barley Lake Cottage zu fahren, um mehrere Gegenstände, die ich vergessen hatte, zu holen. Ich hatte tatsächlich fertiggebracht, mein eigenes Bett zu vergessen, und ich freute mich darauf, diese Nacht in meinem Bett schlafen zu können. Zusammengerollt würde die Matratze in den hinteren Teil des Wagens passen, und das Gestell konnte ich immer noch zu einem anderen Zeitpunkt holen. Aber leider war der Hügel ganz vereist, und ich konnte nicht hinauffahren, so drehte ich um und begann in Lickeen meine Sachen auszupacken.

Ich hatte den Installateur bereits in der Frühe angerufen, aber selbstredend hatte er durch den strengen Frost sehr viel zu tun und sah sich außerstande, mir einen genauen Termin zu nennen. Sean wollte noch einmal kommen, um hier und da noch einige Kleinigkeiten fertigzustellen, und vielleicht würde es uns noch gelingen, das Wasserproblem zu beheben, bevor Amber kam. Es war mehr als ärgerlich, nun endlich im Besitz eines Bades und einer Innentoilette zu sein und sie nicht benützen zu können.

Am nächsten Tag, dem 23. Dezember, fuhr ich zum Corker Flughafen um meine Tochter abzuholen. Abgesehen von ein paar Karten, die ich bekommen hatte, war nichts im Haus, aus dem man auf Weihnachten schließen konnte. Ich hatte Anfang Dezember eine Schachtel mit Weihnachtskarten gekauft, mit dem festen Vorsatz, sie zu verschicken. Ich liebte Weihnachten und die damit zusammenhängenden Vorbereitungen und die Aufgeregtheit, aber dieses Jahr hatte ich noch nicht einmal eine Karte geschrieben, und nun war es zu spät. Und natürlich hatte ich noch nichts gebacken.

Normalerweise häufe ich am Anfang des Weihnachtsmonats pfundweise getrocknete Früchte, Zitronat, Orangeat und Brandy an, dann stelle ich das Radioprogramm ein, das die Lesung von Dylan Thomas' *Eine Kinderweihnacht in Wales* bringt, und fange zu backen an. Ich mache Pastetenfüllungen, Weihnachtspuddings und einen typischen Weihnachtskuchen mit Guinness und gerate so in Feststimmung. Dieses Jahr hatte ich auch brav alle Zutaten gekauft, aber weiter war ich nicht gekommen.

Ich ging wieder ins Haus und feuerte den offenen Kamin in der Küche an, bis es hoch in den Schornstein flammte. Im offenen Kamin des Vorderzimmes brannte ich eine Mischung aus Holz und süß riechendem Torf, und die Heizkörper gaben eine gleichmäßige Hitze ab, die das ganze Haus erwärmte. Die nächsten Stunden brachte ich mit Sortieren und Auspacken zu. Ich hängte mein Lieblingsbild in der Küche auf und holte ein paar meiner Lieblingsbücher heraus, um sie ins Regal zu stellen. Ich brachte ein paar alte cremefarbene Spitzenvorhänge zum Vorschein, die ich mir vor ein paar Jahren auf dem Flohmarkt gekauft und noch nie benützt hatte. Ich hatte die Wände in einem blassen Blauviolett gestrichen und das Holz buttermilchweiß. Die Vorhänge paßten vorzüglich zu dieser Farbkombination.

Ich hielt sie gegen das Fenster, und es sah so aus, als ob sie passen würden. Es war immer noch kalt draußen, aber die Sonne strömte durch die kleinen Fensterscheiben, und die Küche war warm. Ich kümmerte mich im Augenblick weder um das Auspacken noch um das fehlende Wasser, es genügte mir, hier vor meinem eigenen offenen Kamin zu sitzen.

Als Sean kam, war ich gerade mit einem Eimer beim Fluß,

um mehr Wasser zu holen. Es war schon Nachmittag, und er entschuldigte sich, daß er so spät dran war. Er war an diesem Morgen nicht in der Lage gewesen aufzustehen, was ich nur zu gut nachvollziehen konnte.

Wir entschieden uns, zu prüfen, ob wir noch etwas wegen des Wassers unternehmen konnten, bevor es zu dunkel wurde, und gingen den Bergweg entlang zu der Stelle im Fluß, an der die Leitung befestigt war. Wir säuberten den Filter am Ende des Rohres und legten es wieder in den Fluß. Dann verfolgten wir den gewundenen Verlauf der Leitung in Richtung Haus, bis wir zu der Stelle kamen, wo die Verbindungen auseinandergeborsten waren. Wir befestigten sie wieder; und nun war es nur noch eine Frage, das Wasser auch zum Fließen zu bekommen.

Ich erinnerte mich, daß Ray mir gesagt hatte, er hätte eine Pumpe benutzt, aber wir hatten keine zur Hand. Sean dachte, daß wir vielleicht etwas in Bewegung bringen würden, wenn wir abwechselnd die Leitungen durchbliesen und ansaugten. Ich war bei der Leitung, die dem Haus am nächsten war, Sean war oben am Fluß. Ich erhielt die Anweisung, daß ich im Abstand von fünf Minuten saugen sollte. Das tat ich, bis meine Backen rot vor Kälte und Anstrengung waren, aber es nützte nichts. Sean kam kopfschüttelnd den Berg herunter. »Ich weiß nicht, ob das funktioniert«, sagte er, »und es ist zu dunkel, um noch etwas zu sehen. Ich denke, daß wir es morgen noch einmal probieren.«

Noch eine Nacht ohne Bad würde mich nicht umbringen. Ich machte mich auf den Weg zu meiner warmen Küche. Ich war immer noch nicht beim Barley Lake Cottage gewesen, um mein Bett zu holen, aber der Hügel war vermutlich schon wieder gefroren; und überhaupt war ich zu müde, um noch einen Finger krumm zu machen. In dieser Nacht schlief ich auf einer Gästematratze, aber dieses Mal in meinem eigenen Schlafzimmer. Im Dach war ein Oberlicht, und ich hatte den Blick auf Hunderte von Sternen. Die Nacht war klar, kalt und windstill. Das bedeutete noch mal einen strengen Frost, aber mir war es zu behaglich zumute, um mir Sorgen zu machen.

Ich hatte es geschafft; und ich hatte den Termin eingehalten. Was für ein Weihnachten es werden würde, mußte sich noch herausstellen.

17
Weihnachten in Lickeen

Der Flughafen von Cork ist zur Weihnachtszeit ein emsiger und fröhlicher Ort. Große Schriftzüge heißen die vielen ausgewanderten Iren willkommen, die zu den Ferien nach Hause kommen. Die Bäume sind mit bunten Lämpchen geschmückt, und auf dem Parkplatz steht eine riesige Krippe mit den Figuren der Heiligen Familie und den dazugehörigen Tieren. Auf dem reetgedeckten Dach der Krippe sind mehrere große Lautsprecher installiert, und als ich mit meinem alten, schrottreifen Renault eingeparkt hatte und die Tür öffnete, erklang in der kalten Nacht die Melodie von »Stille Nacht«.

Der Wagen hatte auch an diesem Morgen Schwierigkeiten beim Anlassen gemacht. Mir hatte das Geräusch des Motors gar nicht gefallen, aber schließlich war er doch noch angesprungen. Durch diese Verzögerung war ich spät dran, und ich raste in die Ankunftshalle. Umherschlendernde Familien schoben ihre Wägen, die mit Geschenken beladen waren, und Verwandte blickten besorgt auf die Anzeigetafeln, ob irgendwelche Verspätungen angezeigt wurden. Dann sah ich Amber, die von Gepäck und Päckchen umgeben war und mir zulächelte und winkte.

Wir brauchten dringend eine Tasse Kaffee und beschlossen, ihn vor Antritt unserer Heimfahrt, die gut zwei Stunden dauerte, zu trinken. Als wir am Tresen der Cafeteria anstanden und ich überlegte, wie ich ihr die Neuigkeit über das

fehlende Wasser beibringen könnte, schaute ich zufällig auf meine Hände. Sie waren total dreckig. Nicht die Art von Schmutz, die sich nach ein paar Tagen zeigt, sondern mehr der tief eingegrabene, als ob ich die meiste Zeit meines Lebens als Automechanikerin gearbeitet hätte. Wie konnte ich das nur übersehen haben? Es war nicht so, daß ich sie nicht gewaschen und geschrubbt hätte. Plötzlich fühlte ich mich unter all den festlich herausgeputzten Leuten schäbig und peinlich berührt. Ich schob meine Hände unter das Tablett, daß sie nur noch teilweise zu sehen waren. Vor ein paar Nächten hatte ich versucht, Rückstände von Teer, Ruß und Rauch auf den Küchenbalken mit einer Drahtbürste und Kernseife zu entfernen. Die harte Bürste hatte Löcher in die Handschuhe, die ich anhatte, gerissen, und die schmierige, schwarze, heruntertropfende Masse zog sofort in meine Hände ein. Nach wochenlanger Arbeit mit Zement waren sie entsprechend porös geworden. Befangen zahlte ich meine Rechnung und huschte zum Tisch zurück.
Wir tranken Kaffee und aßen große, klebrige Danish Pastries, und ich erzählte Amber, was passiert war und wie es mir gelungen war, gerade noch so umzuziehen. Ich berichtete ihr auch, wie es um das Wasser stand, es machte wenig Sinn, ihr das zu verschweigen. Sie lächelte einfach und sagte, wie froh sie war daheim zu sein, und gratulierte mir zum erfolgreichen Umzug.
Auf dem Heimweg wurde mir ein wenig übel, wahrscheinlich war ich von den letzten Tagen noch mitgenommen. Ich hatte den fehlenden Schlaf noch nicht aufgeholt, und ich wußte, daß ich an diesem Morgen zu viel Kaffee getrunken hatte. Aber jetzt fingen die Ferien an, und ich konnte ein bißchen leiser treten.
An diesem Nachmittag gingen Amber, Sean und ich den Fluß hinauf, um das Wasser wieder in Gang zu bekommen.

Wieder fiel die Aufgabe des Ansaugens der Leitung an mich. Amber und Sean waren am anderen Ende, das im Fluß hing, und bliesen abwechselnd hinein.
Meine Wangen wurden vor Anstrengung ganz hohl, und ich fühlte mich von Minute zu Minute kränker. Nichts geschah, ich versuchte es wieder. Diesmal schoß eine Ladung brackigen Wassers durch die Leitung und ergoß sich in meinem Mund. Es hinterließ, nachdem ich es ausgespuckt hatte, einen scheußlichen, metallischen Geschmack, und der Schwall verebbte so plötzlich, wie er gekommen war.
Wir probierten es noch einmal, aber ohne Erfolg. Wir erreichten immer einen plötzlichen Wasserschwall und dann wieder nichts. Mittlerweile fühlte ich mich wirklich krank. Glücklicherweise kamen meine beiden Mitverschwörer gerade zu diesem Zeitpunkt den Berg herunter, denn ich hätte es nicht mehr länger durchgestanden.
Amber schaute mich argwöhnisch an.
»Was, um Himmels willen, ist denn mit dir los? Du schaust ja schrecklich aus.«
Ich lächelte schwach. »Wahrscheinlich war alles zuviel für mich. Ich fühle mich auch wirklich schrecklich. Ich glaube, ich gehe und lege mich eine Weile hin.«
Damit taumelte ich zum Haus und überließ ihnen alles weitere. Die nächsten vierundzwanzig Stunden war ich außer Gefecht. Ich war elend krank, eine Mischung aus Überarbeitung, zu wenig Essen und zu wenig Schlaf. Ich mußte mich immer wieder – was mir wie eine Ewigkeit vorkam – übergeben, und zwischen den Anfällen schlief ich. Das war nicht gerade ein toller Empfang für Amber.
Sie und Sean fütterten Kitty, Elly und Anlon und schauten nach den Hunden. Sie fuhren sogar mit Seans Wagen zum Barley Lake Cottage, um mir mein Bett zu holen. Ray, der seine Grippe auskuriert hatte, kam zu Besuch vorbei, und

mit seiner Hilfe brachten sie das Wasser wieder in Gang. Das bekam ich alles gar nicht mit, denn ich lag in meinem verdunkelten Schlafzimmer und wollte nur noch sterben, alles andere interessierte mich nicht. Ich hatte noch nicht einmal die Kraft, um zu sagen: »Pah, Humbug.«

Am Weihnachtstag um zwei Uhr war ich wieder auf, saß beim lodernden Feuer, fühlte mich schwach und wirr im Kopf, aber das Schlimmste war überstanden. Morgen würden wir in dieser Küche das Weihnachtsessen vorbereiten. Ich schaute mich um. Das Problem war, daß wir buchstäblich kein Essen im Haus hatten. Da Amber nicht auf meine Versicherung eingetragen war, konnte sie nicht mit meinem Auto fahren, und ich konnte schlecht Sean nach allem, was er für mich getan hatte, bitten, am Weihnachtstag für mich den Einkauf zu erledigen. Da blieb nur eines übrig, ich mußte nach Bantry fahren und versuchen, das, was normalerweise mehrere Wochen lang vorbereitet wird, in ein paar Stunden zu erledigen.

Ich kann mich nicht mehr an viel von dieser Einkaufsfahrt erinnern, nur undeutlich an fröhliche Gesichter, Weihnachtslieder und Regale, die in einer Stunde vollkommen leergeräumt sein würden. Bantry war voll mit Leuten, die mit einer Leidenschaft einkauften, die man eher von einer Menschenmenge erwarten würde, die gerade gehört hatte, daß es nie wieder etwas zum Essen geben würde. Ich gab auf, herauszufinden, was wir brauchten, sondern kaufte einfach alles ein, was noch übrig war. Das schien einfacher, und ich wollte wieder nach Hause.

Wir gaben den ungleichen Kampf auf, im Haus Ordnung in das Chaos zu bringen, und vor Einbruch der Dunkelheit gingen Amber und ich mit der Säge nach draußen. Wir fanden eine passende Fichte und sägten ein paar Minuten voller Tatendrang, bis der beißende Geruch von Harz durch

die feuchte Luft drang. Nachdem der Stamm durchgesägt war, standen wir einen Moment lang schweigend da und blickten über das tiefe, dunkle Grün des Waldes zu den Cahabergen, über denen gerade die ersten Sterne aufgingen. Es war ein Augenblick vollkommener Stille.
Wir brachten unsere Beute ins Haus, und auf einmal waren wir in Weihnachtsstimmung. Der Baum war gerade und groß, und sein festlicher Geist strömte durchs Haus. Ich legte den größten Holzscheit, den ich finden konnte, ins Feuer, und ohne viel Worte machten wir es uns gemütlich und sprachen den zollfreien Getränken zu.
Mehrere Tage später machten wir immer noch mehr oder minder dasselbe, nur, daß ich ab und an ein langes, heißes Bad nahm. Das war der größte Genuß von allem, und wir hatten eine wichtige Entdeckung gemacht: Das riesige offene Feuer in der Küche war kein normales Feuer. Man befeuerte es nur ein einziges Mal, und schon wurde man zu seinem Sklaven, gefangen im Zauber seiner Flammenbilder. Stunden vergingen, in denen wir über nichts anderes redeten als über die Vorzüge verschiedener Holzarten und die besten Zusammensetzungen bestimmter Sorten, die die zufriedenstellendsten Flammen hervorbrachten. Diese intensiven Gespräche wurden nur dadurch unterbrochen, daß eine von uns aufstand und sich auf die Suche nach dem besten Holzscheit für diesen Abend begab, oder wir machten uns auf die Suche nach den verschiedenen, im Laden gekauften Weihnachtspasteten. Videos, die wir uns ausgeliehen hatten, brachten wir ungesehen wieder zurück, und wir ignorierten sogar erstmals das Radio. Das Feuer zu unterhalten war Unterhaltung genug. Es war ein einzigartiges und besonderes Weihnachten und eines, das keine von uns beiden je vergessen wird.
Bevor Amber nach England und auf die Universität zurück-

kehrte, beschloß ich, sie um Hilfe zu bitten, wenn ich Elly nach Lickeen brachte. Eigentlich hatte ich das bereits vor Weihnachten erledigen wollen, aber es war so viel anderes dazwischengekommen, daß ich es nicht geschafft hatte. Ich hatte immer noch meine Bedenken, Anlon auf das unwirtliche Gelände zu bringen, und so hatte ich ihn bei einem Nachbarn untergebracht, wo er zusammen mit einem Pony ein paar Wochen auf einem flachen Feld verbringen konnte. Das Fohlen, mit dem er dort zusammen war, war im gleichen Alter und das gleiche wahnwitzige Energiebündel wie Anlon. Um große Tiere zu weiden, besonders im Winter, muß man unentwegt die Weideflächen wechseln, damit die Felder nicht ausgezehrt werden und das Gras dadurch für das nächste Jahr unbrauchbar wird. Ich war mit meinen Tieren permanent unterwegs.

Elly war froh, uns zu sehen. Sie war wieder auf dem Feld eines Nachbarn am Barley Lake, und sie dachte, daß sie in den Genuß eines unerwarteten Nachmittagssnacks kommen würde. Beim Öffnen des Gatters raste sie heran, vergrub ihren Kopf prompt in einem Grasbüschel und weigerte sich, sich fortzubewegen. Ich mußte ihr erst mehrere Male mit dem Stock, den ich mitgebracht hatte, einen Klaps geben, bevor sie sich in Bewegung setzte. Abgesehen von einigen Umleitungen in Felder, bei denen das Gatter offenstand, erledigten wir unsere Aufgabe gut. Elly schien zu ahnen, daß etwas im Anzug war. Als wir am unteren Ende der Barley-Lake-Straße angekommen waren, von wo aus die Abzweigung nach Lickeen führt, hielt sie an und schnupperte mißtrauisch, es war weiter weg, als sie jemals gewesen war. Amber ging uns voraus und öffnete das Gatter, und Elly rannte die Straße so schnell herauf, als ob sie es gar nicht erwarten könnte, nach Hause zu kommen. Oben angekommen trank sie aus dem Wassereimer, den ich für sie gefüllt hatte, und legte sich dann glücklich auf das Strohlager im Stall.

Kitty war nach den Arbeitsjahren, die sie im Wald mit Menschen zugebracht hatte, mehr an menschliche Gesellschaft gewöhnt als an die von Tieren. Am nächsten Tag beobachtete ich sie, wie sie neugierig schnupperte, die Ohren nach vorn gelegt mit einem wachsamen Blick in ihren dunklen, großen Augen. Sie wußte, daß ein anderes Tier in Lickeen war. Ich nahm ihr das Halfter ab, und Amber gab ihr eine Karotte, dann machte sich Kitty auf Entdeckungsreise. Elly war im Feld hinter dem Stall, und Amber und ich beobachteten, wie sie in Richtung Kitty starrte, einen leichten Anflug von Verachtung auf ihrem hochnäsigen Gesicht. Kitty hielt ihrem Blick für eine Weile stand, dann beschäftigte sie sich mit dem Abknabbern eines nahe stehenden Ilexbusches. Ich war gespannt, wie Elly reagieren würde, wenn sie heute nacht Kitty in *ihrem* Stall vorfinden würde.

Ambers Ferien gingen an diesem Tag zu Ende. Als wir uns traurig am Corker Flughafen umarmten, stimmten wir beide überein, daß es dieses Mal ganz anders gewesen war. Bedrohliche dunkle Wolken dräuten sich zusammen, als ich vom Flughafen nach Hause fuhr, und der Wind war beißend kalt. Es war eindeutig eine Nacht, in der man es sich warm und gemütlich machen sollte.

Als ich Elly später zu ihrem Futter rief, kam sie, so schnell es ihr massiger Körper erlaubte, angetrabt. Sie schien froh zu sein, aus der Kälte nach drinnen kommen zu können, und sie wußte, daß Heu und ein schönes Strohlager auf sie warteten. Ich zog meine Jacke fester um mich, bedacht darauf, meine Arbeiten schnell zu erledigen, um dann zurück ans Feuer zu können.

Kitty kam ums Haus herum und schaute forschend in den Stall. Ich beschloß, sie hineinzulassen und sie zu füttern.

Dann konnte sie kommen und gehen, wie sie wollte. Elly lag in der Ecke ihres Verschlages sicher auf dem Strohlager, und so würden sie sich, jede von der sicheren Entfernung ihrer Ecke aus, langsam aneinander gewöhnen können.
Kitty stand im Stalleingang und verstellte das letzte verbleibende Licht. Ich wartete neben ihr, damit sie es sich gemütlich machen konnte. Der erstaunte Blick auf Ellys Gesicht, als sie Kitty anstarrte, war zum Umwerfen komisch. Sie warf ihren Kopf herum, damit sie den Eindringling besser sehen konnte, schnaubte wütend, hievte sich langsam hoch und starrte. Als Kitty auf diese Herausforderung nicht reagierte, stieß Elly ein derart wütendes Brüllen aus, das ich seit der ersten schrecklichen Nacht, in der sie zu mir gekommen war, nicht mehr gehört hatte. Mit der Anmut einer Balletttänzerin tänzelte Kitty elegant in den Stall, indem sie die ungehobelte und verärgerte Jungkuh völlig ignorierte. Sie ging zum Heunetz hinüber und begann den süßduftenden Inhalt auf die ausgesuchtesten Leckerbissen hin zu untersuchen.
Elly war wütend, daß ihr Kriegsgeschrei keine Wirkung zeigte, duckte den Kopf und nahm Angriff auf die Abgrenzung. Der Anblick des selbstbewußten Pferdes, das ruhig weiterfraß, war zuviel für sie. Kitty ignorierte sie. Elly schaute verblüfft, als ob sie überlegte, welchen Trick sie als nächstes aus dem Sack lassen würde. Aber die späte Stunde und ihr eigener Umfang wogen schwerer als ihre Abgrenzungsbestrebungen, und sie ließ sich zur Ruhe nieder, allerdings indem sie Kitty anzüglich ihre Kehrseite zeigte. Das schien mir der geeignete Moment, um mich zurückzuziehen.
Um ein Uhr nachts kam ein starker Sturm auf. Der Wind heulte so laut ums Haus, daß man noch nicht einmal in der Lage gewesen wäre, Ellys Gebrüll hören zu können. Ich konnte nicht mehr als eine Stunde geschlafen haben, als

mich ein lautes Krachen aufweckte. Ich sprang aus dem Bett und raste hinunter, das Schlimmste befürchtend. Ich war überzeugt, daß der Lärm etwas mit den erst vor kurzem einander vorgestellten Stallbewohnern zu tun hatte.
Die Hintertür stand weit offen, und der Sturm pfiff durch die Küche. Der Rauch wirbelte spiralenförmig durch das Zimmer, und die Papiere, die auf dem Tisch gelegen hatten, waren in alle Richtungen zerstreut. Für einen aberwitzigen Augenblick glaubte ich, daß Elly aus dem Stall ausgebrochen und die Hintertür angegriffen hatte, weil sie wütend war, daß ich sie mit einer Zimmergenossin zusammengelegt hatte, und weil sie mir damit eine Lektion erteilen wollte und nun vorhatte, sich in *meinem* Haus niederzulassen. Das wäre ihr durchaus zuzutrauen gewesen.
Ich spähte vorsichtig in der dunklen Küche herum, halb erwartend, daß sie mich anspringen würde, aber es geschah nichts. Erleichtert kam ich zu dem Schluß, daß der Wind die Türe aufgedrückt haben mußte. Groggy machte ich mich auf die Suche nach dem Schlüssel und fand ihn unter einem Stapel gutgelagerter Rechnungen. Ich mußte die Tür gegen den Wind versperren. Mit Erleichterung bemerkte ich, daß es im Stall ruhig war.
Abgesehen von herabgefallenen Blättern und Ästen war der nächste Morgen schön. Der Himmel war klar und blau, reingewaschen vom Sturm, und es gab kein Anzeichen von Regen. Kitty streckte ihren Kopf aus der Stalltür hervor und begrüßte mich mit einem freundlichem Schnauben. Elly muhte beleidigt, als ich den Stall betrat, aber abgesehen von diesem demonstrativen Protest schien sie sich mit ihrer Mitbewohnerin abgefunden zu haben. Ich versuchte, in den Tagen nach Ambers Abfahrt wieder zu einer Art Routine zu gelangen, aber es fiel mir nicht leicht. Ich befand mich immer noch in einem Hochgefühl von Weihnachten her,

vom Umzug und dem Ereignis, daß ich jetzt endlich in Lickeen lebte. Langsam gelang es mir, eine ziemlich gleichmäßige Einteilung zwischen Schreiben, Hausarbeit und andauernder Pflege der Tiere, die besonders im Winter dauernd gefüttert und getränkt werden mußten, zu erreichen.

Das Jahr hatte bezeichnenderweise mit einer Mischung aus guten und schlechten Nachrichten begonnen. Die Artikel, die ich über Lickeen für die Zeitung und erst kürzlich für RTE Radio geschrieben hatte, waren ungewöhnlich gut aufgenommen worden. Die schlechte Nachricht war, daß die Rechnungen sich wieder türmten. Mehrere Freunde hatten mir vorgeschlagen, daß ich ein Buch über meine Erfahrungen mit Lickeen und meine Art, das Ganze wie in *Carry on Farming* anzugehen, schreiben sollte. Ich fand diese Idee gut, aber ich konnte mir nicht vorstellen, wie ich je Zeit dazu finden sollte.

18
Zwangsarbeit

Ellys Kalb sollte im März zur Welt kommen, und es war bald soweit. Ich wurde deutlich nervöser und wünschte nicht zum ersten Mal, daß ich einen genaueren Zeitpunkt wüßte.

Das erste Kalben einer Kuh ist immer heikel und wird normalerweise aus nächster Nähe überwacht, auch wenn man den Zeitpunkt und den dazugehörigen Bullen kennt. Um diese Jahreszeit traf ich oft Nachbarn, die vom Schlafmangel erschöpft waren, weil sie alle drei oder vier Stunden nach einer kalbenden Kuh schauen mußten, bis sie es schließlich geschafft hatte. In ein paar Wochen war ich an der Reihe, Nachtwachen einzulegen. Ich hatte alle betreffenden Bücher gelesen, mit den Nachbarn geredet und so viel Informationen über das Kalben zusammengetragen, wie ich nur konnte. Den Problemen, die dabei auftreten konnten, hatte ich besondere und fast schon krankhafte Aufmerksamkeit gewidmet. Ich hatte jedoch beschlossen, daß bei dieser Geburt keine Zeit für Heldenhaftigkeit sein würde.

Im Tal wurden zu dieser Zeit viele Kälber geboren, ohne daß viel darüber gesprochen wurde, aber die Besitzer hatten das alles schon viele Male mitgemacht. Der Tierarzt wurde nur in Notfällen gerufen, und normalerweise schaffte man es allein. Eines der häufigsten Probleme war, daß das Kalb mit den Schultern steckenblieb. Sein Besitzer mußte dann helfen, die Reise ans Licht der Welt zu erleichtern. Wenn die

Muskelkraft versagte, dann halfen Stricke und Winden. Jedesmal wenn ich daran dachte, wurde mir ganz jämmerlich zumute.

Meinen Bedenken zum Trotz entwickelte sich Elly prächtig. Sie wurde rund und feist, und ihr rotes Fell glänzte. Mir gefiel es, herumzustehen und meine Tiere zu betrachten, ihren Zustand zu begutachten, zu sehen, wie sie sich untereinander verständigten und wie sie versuchten, ihre Wünsche den Menschen zu vermitteln, die sich manchmal ziemlich engstirnig zeigten. Meine besondere Achtung galt der Art, wie Kühe die Aufgabe des Sich-zur-Ruhe-Begebens mit einer zielstrebigen Ernsthaftigkeit erledigten und sich für lange Zeitspannen auf dem komfortabelsten Fleck, den sie finden konnten, niederließen, ihre Beine ordentlich unter ihnen verstaut. Stundenlang kauten und dösten sie genüßlich vor sich hin, nicht wie Pferde, die normalerweise im Stehen schlafen. Oft, wenn ich Kitty bei einem Nickerchen beobachtete, wollte ich am liebsten hingehen, sie wachrütteln und fragen, warum, um alle Welt, sie sich nicht gemütlich hinlegte, anstatt ihre schweren Massen von einem Fuß auf den anderen zu verlagern, während ihr Kopf immer mehr heruntersackte. Sie bot für alle Welt ein Bild eines alten Trinkers, der gleich im Eingang zusammenbrechen würde.

Elly raste jetzt nicht mehr quer über das Feld, wenn ich sie fütterte, sondern kam mir mit gemächlichem und matronenhaftem Gang entgegen. Wenn erst einmal das Drama der Geburt überstanden sein würde, mußte ich lernen zu melken. Ich war mir noch nicht klar darüber, wie ich mit diesem täglichen Ereignis umgehen würde. Erstens hatte ich es noch nie zuvor getan, und zweitens, was wahrscheinlich das Ausschlaggebendere war, war Elly auch noch nie gemolken worden. In diesem Unternehmen waren wir beide nicht das Gewinnerteam. Einigen Leuten machte es Spaß, mir – gewöhnlich mit unterdrücktem Kichern – zu erzählen, daß es schwer war, Jungkühe zu melken, besonders solche, die sich selbst mehr als großen Hund betrachteten. Meine Vorstellung war die, daß Ellys Kalb die Milch des ganzen Tages bekommen sollte und ich sie in der Nacht trennen würde, um Elly in der Frühe zu melken. Ich wußte natürlich bereits genug über Tiere und daß es bestimmt nicht so unkompliziert ablaufen würde. Ich brauchte Zeit – und gerade jetzt war Zeit noch wichtiger als sonst: Ich hatte endlich den Rat und die Ermutigung beherzigt und angefangen, ein Buch über meine Lickeen-Erlebnisse zu schreiben.

Die Finanzvorhersage schaute düster aus. Ganz gleich wie viele Artikel ich auch schrieb, ich kam auf keinen grünen Zweig. Und mein alter Renault machte mir zusehends Sorgen. Wenn ich versuchte, ihn anzulassen, gab er beunruhigende Geräusche von sich, die ich zu ignorieren versuchte, obwohl ich das heimliche Gefühl hatte, daß es etwas mit dem Anlasser zu tun hatte.

Eines Tages traf ich im Dorf beim Versuch, den Motor anzulassen, einen Freund, der Viehhändler war. Er kannte meine Sorgen und bot mir an, Elly für mich zu verkaufen. Er versicherte mir, daß sie einen guten Preis erzielen würde. Sie war in bester Verfassung und hochträchtig, und ich konnte immer noch später im Frühling eine andere Kuh kaufen. Das war ein vernünftiger Vorschlag, aber ich konnte ihm kaum antworten. Ich murmelte ein Dankeschön und sagte, daß ich mir darüber Gedanken machen wollte. Es würde doch sicher nicht so weit kommen? Elly, die an liebevolle Zuwendung und gelegentliche Leckerbissen gewöhnt war, sie sollte auf einen normalen Bauernhof, wo sie wahrscheinlich eine Nummer auf ihre Kehrseite gebrannt

bekam und mit scharfen Stecken angetrieben würde? Sie wäre am Boden zerstört, genau wie ich.
Mitten in diese düsteren Spekulationen hinein bekam ich einen Brief von Amber. Sie hatte gerade einen Anfall von Winterdepression. Sie hatte die Grippe, die Straßen in der Stadt waren grau und schmutzig, das Wetter war bitterkalt, und sie wünschte sich nur eins, daß sie bei den ersten Frühlingsanzeichen in Lickeen sein könnte. Die optimistischen, grünen Schößlinge von Narzissen, die den vom Haus abfallenden Hügel bedeckten, hatten sich schon durch die dunkle Erde hervorgekämpft, und einige Bäume hatten schon leuchtendgrüne Knospen. Der Frühling in Lickeen würde sensationell werden.
Elly begann sich eigenartig zu verhalten, sie schaute mit leerem Blick in die Ferne. Eines Tages fand ich sie, wie sie verwirrt an einer Stelle im Fluß, der stark zugewachsen war, stand und verzweifelt brüllte, weil sie nicht mehr allein herauskam. Ich mußte zum Haus zurücklaufen und eine Säge und eine Hacke holen, damit ich mir einen Weg durch die dichten Rhododendronbüsche bahnen konnte, um sie zu befreien.
Mein Schlaf wurde pünktlich durch das unfreundliche Klingeln des Weckers unterbrochen, der mich alle vier Stunden weckte. Ich fiel aus dem Bett, zog mir so viele Kleidungsstücke, wie über meinen Schlafanzug paßten, an und machte mich mit einer Windleuchte auf den Weg zum Stall. Nach der vierten Nacht dieser nervtötenden Wache wurde ich immer schwächer, und dem Ereignis selbst schienen wir noch nicht näher gekommen zu sein. Es war Samstag nacht, und das Paar, das Anlon gekauft hatte, war zu Besuch, interessante und witzige Leute, und ich freute mich immer auf ihre Gesellschaft. Aber an diesem Abend war ich nicht mit Leib und Seele bei der Sache und gähnte unentwegt,

obwohl ich versuchte, es zu unterdrücken, und ich war gefährlich nahe dran, jeden Augenblick vornüber auf meinen Teller zu kippen. In regelmäßigen Abständen entschuldigte ich mich und ging hinaus in die eisige Nacht, um nach Elly zu sehen. Es würde doch sicherlich nicht noch länger dauern?

Nachdem meine Gäste gegangen waren, schlüpfte ich für ein paar Stunden ins Bett, bis es wieder Zeit für meinen nächsten Erkundungsgang war. Ich war mir sicher, daß in dieser Nacht nichts passieren würde – vermutlich auch sonst nie mehr. Offensichtlich durchlebte auch Elly eine Art Scheinschwangerschaft.

Es muß ungefähr vier Uhr nachts gewesen sein, als mich ihr erstes aufgebrachtes Gebrüll aus dem Schlaf riß. Diesmal hielt ich mich nicht erst mit verschiedenen Kleidungsstükken auf. Ich griff mir meinen Mantel, stieg mit meinen unbestrumpften Beinen in die Gummistiefel und lief zum Stall. Es war soweit.

Elly war mitten in ihren Wehen. Sie stöhnte und ächzte und brüllte ungehalten. Während ich die flackernde Laterne an den Nagel im Balken hängte, atmete ich erst ein paarmal tief durch, um mich zu beruhigen. Ich hatte ein tiefes Verlangen, zurück ins Haus zu rennen, Wasser zu kochen und Laken zu zerreißen, aber irgendwie gelang es mir, mich zusammenzureißen. Es gab nichts für mich zu tun, als zuzusehen und abzuwarten.

Elly lag ungefähr zehn Minuten darnieder, ihre Flanken hoben und senkten sich, sie brüllte ein paar Male, dann erhob sie sich und ging im Stall umher. Sie schaute mich dabei fortwährend an, und ich hatte das Gefühl, daß sie froh war, daß ich bei ihr war. Endlich sah ich für einige Sekunden den weißen Membransack, in dem das Kalb war, bevor er wieder verschwand. Die Spannung war unerträglich, aber nach ein paar weiteren schweren Wehen gebar Elly endlich. Ich beobachtete, wie das erste tastende Körperteil durch den Sack kam, und plötzlich war es da: ein hübsches Bullenkälbchen in einem Haufen zu Ellys Füßen. Ich konnte nicht glücklicher sein, sie hatte es ganz alleine gut zu Ende gebracht.

Ich entschloß mich, meinen morgendlichen Koffeinschuß in den Stall zu bringen und mich an den ersten Stunden des Neuankömmlings auf dieser Welt zu erfreuen. Fünf Minuten später hatte ich es mir im Heu bequem gemacht, bewaffnet mit noch einem Pullover, Socken und meiner Tasse. Das Kälbchen war schon halb auf den Beinen und taumelte herum. Es hatte dasselbe rote Fell wie Elly und fast den gleichen weißen Streifen am Vorderkopf. Dem äußeren Anschein nach war alles großartig, aber ich konnte das heimliche Gefühl nicht loswerden, daß etwas nicht in Ordnung war. Bis jetzt hatte es noch keinen Versuch unternommen zu saugen. Es hatte in der Tat überhaupt kein Interesse an Ellys prallem Euter gezeigt.

Ich paßte auf und wartete. Trotz Ellys verstärktem Drängen und unablässigem Lecken stand das kleine Kälbchen einfach in einer Ecke des Stalls mit einem verwirrten Ausdruck im Gesicht. Dann sank es plötzlich zu Boden, als ob seine Beine das Gewicht seines kleinen Körpers nicht mehr tragen konnten.

Ich stellte meinen Kaffee ab und ging vorsichtig zu ihm, stopfte Stroh um es herum, bis es fast zugedeckt war, und streichelte es sanft. Es fühlte sich kalt an, und es machte keinen Versuch an meinem hingestreckten Finger zu saugen. Ich ging nach drinnen und konsultierte meine Bücher.

In einem Buch stand, daß ein Kalb seine Zeit braucht, sich nach der Geburt zurechtzufinden, und obwohl die meisten sofort anfangen würden zu saugen, könnte es bei anderen bis zu einer Stunde brauchen. Ich schaute auf die Uhr. Seit es geboren war, waren fünfundvierzig Minuten vergangen. Das Buch riet, in diesen Fällen das Kalb warm zu halten und es zum Saugen zu animieren, indem man sich etwas Milch auf die Finger träufelte und sie ihm in den Mund schob. Die kräftige erste Milch bewirkte oft eine Belebung des Kalbes, das nach der Geburt schwach war.

Ich eilte zurück in den Stall mit dem tragbaren Gasofen und ein paar Zeitungen, um damit die Spalten in der Wand hinter Ellys Verschlag zuzustopfen. Der Stall war bald so warm, daß ich meinen Mantel ausziehen mußte. Elly wich nervös vor mir zurück, als ich mich mit einer Tasse in der Hand näherte. Ihr Kalb lag immer noch in seinem Nest, wie ich es verlasssen hatte, und schaute mich mit großen dunklen Augen an.

Endlich gelang es mir, Elly zu überzeugen, daß sie stillhielt. Ihr Euter war prall und voll und, unerfahren wie ich war, war es schwierig, etwas aus ihm herauszubringen. Irgendwie schaffte ich, daß ein dunkler, gelber Strahl mit Kolostrum auf den Boden der Tasse floß. Ich steckte meine Finger in die Flüssigkeit und hielt sie dem Kälbchen unter die Nase. Es zwinkerte und schaute verwirrt. Ich schob ihm meine Finger in den Mund und fühlte die ersten Anzeichen von echter Panik. Ich rubbelte es krampfhaft mit Stroh ab, aber trotz Hitze und Abreiben blieb es kalt.

Vielleicht brauchte es einfach eine lange Zeit, um sich von dem Geburtstrauma zu erholen, wie es in einem Buch stand, und in ein paar Minuten würde es ganz lebendig sein. Ich war mir plötzlich meiner eigenen Unwissenheit erschrekkend bewußt. Es war an der Zeit, um Hilfe zu bitten. Mehrere Nachbarn hatten mir ihre Hilfe angeboten, und einer von ihnen würde schon wissen, was zu tun war.

Ich häufte noch mehr Stroh auf und versicherte mich, daß der Gasofen gesichert war. Elly beobachtete mich, wie ich im Stall herumging. Auch sie schaute ängstlich und jämmerlich drein.

Wenn Sam einen ihrer großen Würfe hat, ist immer ein Welpe dabei, der sich kalt anfühlt und keinen Saugreflex zeigt. Ich versuche alles, um ihn wiederzubeleben mit Wärmflaschen und indem ich ihn an Sams Zitzen halte. Aber was ich auch mache, dieser Welpe stirbt immer.

19
Das ist Landwirtschaft

Es war erst halb acht, als ich den ersten Nachbarn anrief. Er war gerade erst hereingekommen, nachdem er nach seiner Kuh gesehen hatte, die jeden Moment kalben sollte. Ich erzählte ihm die Geschehnisse der vergangenen Nacht und wie besorgt ich um das Kälbchen von Elly war. Er versprach mir, daß er sofort vorbeikommen würde.

Ich rief den Tierarzt an, der sich verschlafen meldete, aber ich erklärte ihm die Situation, und er sagte, daß er, so schnell es ginge, kommen wollte. Er lebte am anderen Ende von Bantry, und er würde vermutlich fast eine Stunde brauchen.

Ich legte den Hörer auf und ging zurück in den Stall. Mir war angst vor dem, was ich vorfinden würde. Das Kälbchen lag genauso da, wie ich es verlassen hatte, mit dem gleichen verstörten Ausdruck im Gesicht. Ich nahm es vorsichtig auf und hob es zu Ellys angeschwollenem Euter, ich schob ihm eine volle Zitze in das Maul und drückte ein bißchen der lebensspendenden Milch in seine Kehle. Sie sickerte einfach wieder heraus.

Der Traktor meines Nachbarn erstarb, nachdem er mit ihm vors Haus gefahren war.

»Es schaut nicht zu gut aus«, sagte er, stand vor dem Stall und schüttelte seinen Kopf. Gerade bevor er hereingekommen war, hatte das Kälbchen angefangen zu brüllen, mit überraschend volltönender erwachsener Stimme. Daran hatte ich mich wie an einen Strohhalm geklammert, in der Hoffnung, daß es nun kräftiger werden würde.

»Wie lange macht es dieses Geräusch schon?« fragte mein Nachbar. Er klärte mich auf, daß das ein schlechtes Zeichen sei und daß Kälber normalerweise viel stiller seien. Meine Stimmung wurde noch gedrückter.

Er kletterte in Ellys Pferch und untersuchte das kleine Tier gründlich. Er konnte nichts finden, was offensichtlich nicht in Ordnung war. Dann melkte er Elly und versuchte dem Kalb etwas Flüssigkeit einzuflößen. Das meiste tröpfelte wieder heraus, und das Kälbchen machte keine Anstalten zu schlucken.

»Es kann eine Lungenentzündung sein«, sagte mein Nachbar beunruhigt. »Manche Neugeborene bekommen sie, aber du hältst es warm, und mehr kannst du nicht machen, bevor der Tierarzt kommt.«

Wir standen da und schauten dem Kälbchen ein paar Minuten zu, aber es änderte sich nichts. Es fuhr fort, mitleidserregend zu brüllen. Mein Nachbar mußte wieder weg, um nach seiner eigenen Kuh zu schauen, und als ich ihn zu seinem Traktor begleitete, verfolgten mich die Schreie des kleinen Kalbs.

Ich fuhr fort, es mit Stroh abzurubbeln, während ich auf den Tierarzt wartete. Obwohl ich es in Decken eingewickelt hatte, wurde es nicht wärmer.

Als Finbar ankam, warf er einen geübten Blick auf das kranke Kleine und sagte, daß er nicht glaubte, daß das Kälbchen überleben würde. Trotz dieser düsteren Prognose fing er an, es zu behandeln. Die nächsten zwei Stunden versuchte er mit allen erdenklichen Kombinationen aus Spritzen, Antibiotika und Aufputschmitteln, das Kalb zu retten. Schließlich gab er zu, daß er genauso mit seinem Latein am Ende war wie ich. »Es ergibt keinen Sinn«, sagte er und kratzte sich am Kopf. »Es ist voll ausgebildet, hat ein normales Gewicht, und es gab kein Problem bei der Geburt. Ich glaube auch nicht, daß es Lungenentzündung hat. Es ist nichts offensichtlich falsch mit ihm. Vielleicht ist es etwas Inneres, irgendein inneres Organ ist nicht richtig ausgebildet oder etwas in der Art? Alles, was wir tun können, ist, es versuchen.«

Als alles, was auszuprobieren war, versagt hatte, entschloß sich Finbar, es mit einer Bluttransfusion zu versuchen, direkt von Elly auf ihr Kalb. Wenn ich jetzt zurückblicke, war das der schlimmste Augenblick dieses ganzen gräßlichen Erlebnisses.

Finbar gab mir ein riesige Pinzette, die auf den fleischigen Teil von Ellys Nase geklemmt werden mußte. Ich mußte sie halten, währenddessen er den Schlauch einführte, der das Blut zwischen den beiden übertrug. Elly war völlig durcheinander, und ihr Euter war schmerzhaft angeschwollen. Als ich tat, was getan werden mußte und ihr die Zange auf die Nase setzte, murmelte ich leise eine unnütze Entschuldigung. Elly versuchte alles, um mich abzuschütteln, aber irgendwie gelang es mir, sie festzuhalten. Blut tropfte von ihrer Nase hinunter ins Stroh.

Finbar fand endlich eine Vene im Kalb, die noch nicht kollabiert war, und das Blut seiner Mutter begann in seinen kleinen Körper zu fließen. Es reagierte überhaupt nicht darauf.

»Es tut mir leid«, sagte Finbar, richtete sich mühsam auf und begann die Instrumente wieder in seiner Tasche zu verstauen. »Ich glaube nicht, daß es es machen wird. Falls es die nächste Stunde übersteht, besteht eine winzige Chance, aber erhoffe dir nicht zuviel. Der einzige Weg, um zu wissen, was ihm gefehlt hat, wäre eine Autopsie. Ich weiß nicht, ob du dir die Kosten machen solltest. Es ist ihr erstes Kalb, sie ist eine junge Kuh, und es ist nun mal so, daß so etwas vorkommt. Trotzdem, es ist Pech für dich, daß du dein erstes Kalb verlierst.«

Ich dankte ihm für all seine Bemühungen und sagte ihm, daß ich ihm Bescheid geben würde wegen der Autopsie. Zumindest wußte ich, daß wir alles versucht hatten. In diesem Augenblick jedoch war ich viel zu durcheinander, um klar zu denken. Finbar hatte über zwei Stunden mit der armen kleinen Kreatur verbracht. Ich fragte ihn, wieviel ich ihm schuldete.

»Ich sollte eigentlich nichts verlangen, denn ich bin sicher, daß es sterben wird«, antwortete Finbar.

Das war ja nun nicht seine Schuld. Letztendlich einigten wir uns auf zehn Irische Pfund, ein lächerlicher Betrag angesichts seiner aufgewandten Zeit und seiner Bemühungen.

Nachdem er weggefahren war, ging ich langsam in den Stall zurück und wußte, daß es nur noch eine Frage der Zeit war. Elly hatte sich neben ihrem Kälbchen in ruhiger Wache niedergelassen. Sie schien nicht mehr aufgeregt zu sein, sondern nur noch resigniert.

Ungeachtet des Zustands des Verschlages, in dem alles auf eine Geburt hinwies – niedergetrampeltes, blutiges Stroh und Schleim –, setzte ich mich neben das Kälbchen und legte seinen Kopf in meinen Schoß. Seine Augen waren schon ganz glasig, ich streichelte es sanft, und ungefähr fünf Minuten später starb es ruhig, immer noch mit dem verwirrten Blick in seinen Augen.

So blieben wir sitzen, Elly, das Kälbchen und ich, ich weiß nicht für wie lange. Es war befremdlich friedlich in dem warmen, dunklen Stall. Ich erinnere mich an einen Moment, in dem ich zu Elly hinüberschaute und einige große Tränen, die Kühe üblicherweise produzieren, aus ihren Augen tropfen sah. Sie fielen sanft auf eine der Decken, die

das tote Kälbchen bedeckten. Das war ein Zufall, auf den ich gerne verzichtet hätte.
Ich beschloß, keine Autopsie durchführen zu lassen. Abgesehen davon, daß Elly durcheinander war, ging es ihr gut, und es gab keinen Grund anzunehmen, daß dies beim nächsten Mal wieder passieren würde. Ich mußte nun das Kälbchen beerdigen. In diesem Augenblick sah es so aus, als ob Elly für immer Wache bei ihrem Kalb halten wollte, und ich war mir nicht sicher, was sie tun würde, wenn wir versuchten, es zu entfernen. Und da war noch das Problem mit ihrem gefüllten Euter. Ich hatte angenommen, daß das Kalb diese Aufgabe übernehmen würde, zumindest bis ich das Melken erlernt hätte. Jetzt brauchte ich wieder Hilfe.
Ich erinnerte mich an jemanden im Dorf, der erst kürzlich seinen vielgeliebten Hund mit einfacher, rührender Würde beerdigt hatte. An ihn wollte ich mich wenden.
Er hörte meiner unsicheren Bitte mitfühlend zu und nahm dann seinen alten Mantel und Pickel zur Hand. Wir lenkten Elly ab, hoben den kleinen Körper in eine Schubkarre und gruben hoch oben auf dem Berg ein Grab. Das dumpfe Geräusch des Pickels, der sich durch die Steine in die dünne, felsige Erde grub, hallte traurig durch das Tal. Ich war froh, daß ich dies nicht allein machen mußte. Wir hoben das Kalb, das immer noch in eine Decke eingewickelt war, in die Grube und bedeckten das kleine Grab mit Steinen.
An diesem Tag läutete mein Telefon ununterbrochen. Nachbarn, die die Neuigkeit gehört hatten, riefen mich an, um mir zu sagen, wie leid es ihnen täte. Es war so, als ob ich einen Todesfall in der Familie gehabt hätte, und irgendwie war es auch so. Obwohl das ein Schicksalsschlag war, der häufig beim Viehbestand vorkam, nahmen doch alle daran Anteil, weil sie wußten, daß das nicht nur ein finanzieller Schlag für mich war, sondern daß ich den verhängnisvollen

Fehler begangen hatte, meine Tiere in große Schoßtiere zu verwandeln.

Aber es war nicht viel Zeit zum Trauern. Ich mußte das neue und dringende Problem lösen, was mit Ellys Milch zu geschehen hatte. Ich rief Dermot an, der Elly für mich gekauft hatte. Er sagte, daß das Beste, was ich tun konnte, war, auf der Stelle ein neues Kalb zu kaufen und zu sehen, ob man Elly dazu bringen konnte, es anzunehmen. In der Zwischenzeit sollte ich so viel Kolostrum, wie ich nur konnte, von ihr herausbekommen. Falls ich es nicht täte, würde ihr Euter hart und wund werden, und sie wäre in Gefahr, Mastitis zu bekommen. Er würde später auf den Viehmarkt gehen und schauen, ob er ein passendes Kalb für mich finden konnte.

Als ich zu Elly ging, schien sie aufgeregt zu sein und bewegte sich ruhelos im Stall auf und ab. Ich fühlte mich selber müde und aufgewühlt und versuchte mein Bestes, sie zu melken, aber es war nicht leicht. Ich konnte nur beten, daß morgen ein Kalb käme und uns beide rettete.

Dermot rief am nächsten Tag zurück. Die Preise für Kälber waren im Moment sehr hoch, so war er zu einem Nachbarn gegangen, der ein dreiwöchiges weibliches Kälbchen zum Verkaufen hatte. Weil er wußte, wie dringend es war, hatte er es gekauft. Sie würden innerhalb einer Stunde dasein, und ich stieß aus tiefstem Herzen einen erleichterten Seufzer aus.

Es war ein kompaktes braun-weißes Kalb, das ruhig aus dem Anhänger trottete, nachdem Dermot die Rampe heruntergelassen hatte. Wir bugsierten es in den Stall, und Elly begann, wie vorhergesehen, wütend zu brüllen. Als wir das Kalb in den Verschlag schoben, versuchte Elly prompt, es platt zu drücken. Das Kälbchen war offensichtlich hungrig und suchte, zunehmend verzweifelter, etwas zum Saugen.

Aber jedesmal, wenn es sich dem aufreizend vollen Euter Ellys näherte, griff sie an und versuchte, es niederzumähen. Als ich Dermot angerufen hatte, hatte er mir gesagt, daß ich die Nachgeburt aufheben sollte. Wenn man sie über ein fremdes Kalb legte, könnte die Kuh überzeugt werden, das Kalb anzunehmen. Er hatte mir empfohlen, dieses große, stinkende Objekt im Misthaufen zu deponieren, da es sich dort frisch halten würde. Das hatte ich widerwillig getan, und nun ging ich, um es herauszuholen.
Wie es sich herausstellte, war das ein unerfreuliches und sinnloses Unterfangen. Elly nahm das Kalb nicht an und fuhr fort zu versuchen, es mittels vollen Breitseiteschlägen an die Stallwand zu quetschen.
Dermots Frau Helen hatte das Schauspiel vom Eingang aus betrachtet. »Hast du irgendein Parfüm?« fragte sie mich plötzlich. Ich war ein wenig verwundert ob dieser Frage, vor allem in einem Moment wie diesem, aber ich sagte, daß ich eines hätte und fragte mich, was als nächstes kam.
»Wir hatten letztes Jahr einige verwaiste Lämmer«, erklärte sie, als sie meinen verwirrten Blick sah. »Wir hatten viel Erfolg damit, daß wir Parfüm benutzten und die Mutterschafe so dazu brachten, sie anzunehmen.«
Mittlerweile hörte ich völlig fasziniert zu.
»Was wir gemacht haben, war, daß wir auf beide Enden der Schafe Parfüm gesprüht und sie dann zusammengelegt haben. Weil sie beide den gleichen Geruch hatten, nahmen die Mutterschafe die Lämmer an, ohne Problem.«
Ich mache mir nicht viel aus Parfüm, aber ab und an leiste ich mir ein Fläschchen Coco von Chanel, das ich liebe. Ich hebe es nicht für besondere Anlässe auf, sondern bespritze mich wahllos dann, wenn ich moralische Unterstützung brauche. Das letzte Mal, als ich eines kaufte, war über ein Jahr her. Nachdem ich seit damals öfters Auftrieb benötigt

hatte, war nicht mehr viel übrig. Ich ging nach oben und fand das Fläschchen, hoffend, daß dieses große Opfer helfen würde, die ausweglose Situation im Stall zu lösen.
Beide Rinder wurden pflichtbewußt besprüht, und der Stall duftete bald wie ein Bordell. Exotische Chanelwolken stiegen aus der warmen Haut der Tiere. Ich hätte schwören können, daß Elly sich herausputzte. Das Fläschchen neigte sich zu Ende, aber Elly war immer noch nicht vollends beruhigt.
»Nun, da wirst du noch ein Fläschchen in Bantry kaufen müssen«, sagte Helen allen Ernstes. »Du kannst jetzt nicht den Duft an ihnen wechseln, verstehst du?«
Ich blickte sie verblüfft an. Hatte sie eine Ahnung, wieviel dieses Zeug kostete? Ich stellte mir vor, wie ich in meine Rechnungsunterlagen vom Bauernhof schrieb: Chanel – für Kühe. Das Gesicht des Finanzbeamten sah ich genau vor mir.
Wir gingen nach drinnen und ließen die Kühe zurück, um zu sehen, ob sie sich selbst zusammenrauften, wie das oft bei Tieren der Fall ist. Bei unserer schwer verdienten Tasse Tee erzählten mir Dermot und Helen die Geschichte, wie sie mein neues Kalb gekauft hatten.
»Deiner Artikel wegen habe ich es zu einem so günstigen Preis bekommen«, sagte Dermot und griff nach der Teekanne.
Er hatte dem Mann, dem er das Kalb abgekauft hatte, erzählt, daß eine Freundin von ihm ihr Kälbchen verloren hätte und er schnell eines kaufen mußte. Er erwähnte meinen Namen, obwohl es keine Leute waren, die mich kannten. Aber sie hatten die Geschichten von Lickeen in der Zeitung verfolgt. »Du willst mir doch nicht erzählen, daß Elly ihr Kalb verloren hat?« hatte die Frau des Hauses gefragt und war allem Anschein nach tief erschüttert. Sie hatte

darauf bestanden, daß mir ihr Mann das Kalb zu einem guten Preis verkaufte, weil sie wußte, wie aufgelöst ich sein würde und daß ich in letzter Zeit eine Menge Ausgaben gehabt hatte. Es war jedoch eine Bedingung mit diesem Kauf verknüpft, sagte Dermot und versuchte, ein Grinsen zu unterdrücken. Die Vorbesitzer wollten, daß ich das Kalb nach einem von ihnen nennen sollte, entweder Patrick oder Joan. Ich konnte mir nicht vorstellen, wie ich über die Felder ging und »Joan« rief. Letztendlich entschied ich mich für Paddy, obwohl es eine Kuh war, aber es schien auf dieses robuste kleine Tier zuzutreffen.

Elly ließ sich nicht dazu bewegen, Paddy zu säugen. Den ganzen Tag kroch ich immer wieder in den Stall, um nachzusehen. Es war immer die gleiche Geschichte. Obwohl die allgemeine Meinung die Theorie unterstützte, daß sich zu guter Letzt alles von allein regelt, hatte ich Angst, daß Elly das Kälbchen ernstlich verletzen würde, wenn sie es weiter so herumstieß. Die arme Paddy hatte bereits einige Kratzer am Kopf.

Es blieb nur eines zu tun übrig, ich mußte Paddy, die von Minute zu Minute hungriger wurde, mit der Hand füttern. Und ob ich wollte oder nicht, ich mußte anfangen zu melken, und zwar sofort.

20
Die zögernde Milchmagd

Meine Nachbarn gaben mir praktische Vorführungen, Tips und gute Ratschläge, und ich hatte alle Bücher gelesen. Trotz dieser Überschüttungen an Hilfe fühlte ich mich, als ich mich das erste Mal zögernd, mit einem kleinen Eimer in der Hand, in den Stall begab, tölpelhaft und fehl am Platz. Vorsichtshalber band ich Elly an, aber so viel ich auch quetschte und zog, ich konnte die Milch nicht in Fluß bringen, und meine Arme und Schultern schmerzten unerträglich. Ich brauchte mehr als zwei Stunden und mehrere Unterbrechungen (während dieser Zeit ging ich nach draußen, fluchte lauthals und kickte ein paar Steine), um den Eimer zur Hälfte zu füllen. Ich heftete meinen Blick auf ihn, er mußte irgendwo ein Loch haben. Diese mitleidserregende Winzigkeit war nicht einmal ausreichend, um das Kälbchen glücklich zu machen, geschweige denn meine Träume vom überreichlichen Vorrat für das Haus zu erfüllen.

Tagelang ging ich herum und übte die empfohlenen Handgriffe und machte befremdliche Bewegungen, als ob ich irgendwelche Zaubertricks vorführen wollte. Im Buch stand, man mußte vom kleinen Finger an und mit beiden Händen gleichzeitig greifen und drücken. Gott allein weiß, wie ich es versuchte, aber ich brauchte mehr als eine Woche, bevor ich mehr als zwei zögernd tastende Finger koordinieren konnte.

Für Elly war es auch kein Vergnügen. Sie fühlte sich ausgenützt, daß von ihr erwartet wurde, dem fremden und fordernden kleinen Kalb plötzlich eine Mutter zu sein. Daß ich an ihren Zitzen zweimal täglich hackte und sägte, trug auch nicht gerade dazu bei, ihre Laune zu verbessern. Jeden Morgen wachte ich mit einem Gefühl auf, als seien meine Arme in Stärke getaucht worden. Schreiben war eine Qual, und bei mehreren Anlässen führten Elly und ich während des Melkens erhitzte Kämpfe, in denen erhobene Stimmen und Jagen im Stall inbegriffen waren. Aber schließlich, langsam aber sicher, bekam ich den Dreh raus, wie es mir auch jeder vorhergesagt hatte. Und dann, Wunder über Wunder, fing das Melken an, zum Vergnügen zu werden, wenn der warme gelbe Strahl sich in den Eimer ergoß. Ich liebte Ellys Geruch nach Gras und Bergen, der in dem engen Raum im Stall hing, und den absoluten Frieden, wenn sie sich zum Melken hinstellte und kein anderes Geräusch zu hören war als ihr regelmäßiges Atmen und das rhythmische Fließen. Bald hatte ich zweimal am Tag Mengen Milch und freute mich auf die ruhigen Sitzungen mit Elly, die für mich eine willkommene Erholung vom hektischen Leben draußen waren.

Ich war immer noch traurig, wenn ich an dem kleinen Steinhaufen vorbeikam, der das Grab von Ellys Erstgeborenem markierte. Bald war es wieder an der Zeit, an die Fortpflanzung zu denken. Elly würde stierig werden, und wir mußten es wieder versuchen. Letztendlich ist das alles, was man tun kann – es wieder versuchen. Ein befreundeter Bauer, der mich nach dem Tod des Kälbchens angerufen hatte, hatte mir als eine Art Beileidsbezeugung gesagt: »Denise-Mädchen, das ist Landwirtschaft!«

Die ersten Frühlingsanzeichen waren überall zu sehen, wohin man auch blickte – leuchtendes, unglaubliches Grün und neues Wachstum auf Bäumen und Büschen. Und oben auf dem Berg waren dunkle, geheimnisvolle kleine Tümpel plötzlich lebendig mit Froschlaich. Über das ganze Tal hörte man das unschöne Blöken der Schafe, die entweder kurz vor oder beim Lammen waren. Nachdem ihre Lämmer geboren waren, riefen sie Tag und Nacht ängstlich nach ihnen und warnten sie vor herumstreifenden Füchsen, streunenden Hunden oder anderen Fallen, in die ein unschuldiges kleines Lamm fallen kann. Obwohl ich Schafe nicht besonders mag, erfreute ich mich jedes Jahr an dem Spektakel, das diese wirbelnden und immer übermütiger werdenden Flauschkugeln veranstalteten. Sie tobten wie verrückt über die Felder und spielten Fangen und Abschlagen, oder sie sprangen plötzlich hoch in die Luft, als ob sie vom Leben und all seinen goldenen Möglichkeiten überwältigt worden wären.

An einem stürmischen Tag saß ich an meinem Schreibtisch, ging mein Tagebuch durch und überprüfte Termine. Frühlingsgefühle und Erneuerungsdrang lagen in der Luft. Sam war bereits – zur unverhohlenen Freude ihres Lebensgefährten Tom – läufig gewesen und würde um Ostern herum ihre Welpen bekommen. Und bald war es auch wieder Zeit, Kitty zum Hengst zu bringen, um wieder zu versuchen, ein Fohlen zu bekommen.

Diesmal wollte ich sehen, was sich mit einem Vollblut ergeben würde. Die Kreuzung aus Kittys robuster Rasse und dem Irish-Draught-Hengst, dem Vater Anlons, hatte gezeigt, daß das Fohlen zwar stämmig, aber niemals die Proportionen seiner wuchtigen Mutter hatte. Mit einem Vollblut würde das Endprodukt ein leichteres, schnelleres Pferd werden, und wenn es ein Stutfohlen sein würde ...

Das war der Punkt, an dem ich mich zurückhalten mußte. Ich konnte den Gedanken nicht ertragen, daß Kitty irgendwann nicht mehr Teil meines Lebens sein würde. Aber wenn sie eine Tochter bekäme, könnte ich dieser unausweichlichen Tatsache besser ins Auge sehen. Ich machte mir an dem Datum, an dem ich mir ausgerechnet hatte, daß Kitty rossig sein würde, eine Notiz.

Meine früheren Bedenken, als wir noch am Hausherrichten waren, daß ich Kitty nach Belieben herein- und hinauslassen würde, hatten sich als begründet erwiesen. Ließ man in Lickeen eine Türe offenstehen, so war das ein großer Fehler. Kitty nahm jede Gelegenheit wahr, ins Haus zu gelangen. Sie schlängelte sich in den Vorbau und blieb dann dort stehen, ohne viel zu tun, aber sie füllte den kleinen Raum. Wenn sie sich ausgerechnet hatte, daß man sie wahrscheinlich vergessen hatte, schlich sie sich mit einer Leichtigkeit, die ihre Größe vollkommen Lügen strafte, in die Küche und steuerte auf die Obstschale zu.

An einem Tag, an dem ich den Vorbau streichen wollte, fand ich sie dort schlafend vor. Ich hatte das Spülbecken dort installieren lassen, damit ich Platz in der Küche hatte. Jetzt benutzte Kitty das Spülbecken, um sich während ihrem Nickerchen dort aufzustützen. Sie schaute so glücklich aus, daß ich es nicht übers Herz brachte, sie zu stören. Ich arbeitete einfach um sie herum und malerte zwischen ihren Beinen und über ihrem Nacken. Sie rührte sich nicht ein einziges Mal.

Paddy mußte einige Wochen lang im Stall gehalten werden, so hatten Elly und Kitty das Land für sich allein. Sie kamen ganz gut miteinander aus und neigten normalerweise dazu, sich gegenseitig zu ignorieren. Aber eines Tages schaute ich zufällig aus dem Fenster des Vorderzimmers und sah, wie sich Elly vor dem Haus an Kitty, die ein Nickerchen hielt, heranpirschte. Elly nahm Anlauf, preschte vorwärts und rammte sie mit dem Kopf voll in die Flanke. Kitty sprang auf – wer würde das nicht tun, wenn er so unsanft geweckt werden würde –, legte ihre Ohren an und floh die Straße im wilden Galopp hinunter. Elly nahm selbstgefällig Kittys Platz vor dem Haus ein, mit einem Ausdruck völliger Unschuld auf ihrem Gesicht.

Eigentlich hätte ich an der Schreibmaschine sitzen müssen, aber auch ich war in Frühlingsstimmung. Den ganzen Morgen hatte ich im Haus herumgewerkelt, die Tiere beobachtet und alles getan außer Schreiben, was ich hätte tun müssen. Die Wahrheit war, daß ich auch draußen sein wollte. Ich wollte herumschlendern und die berstende, geschäftige Welt um mich herum betrachten, wie sie wieder ins Leben zurückkehrte.

Eine halbe Stunde herumwandern konnte nicht schaden, und dann konnte ich mich erfrischt und voller Tatendrang an die Arbeit machen. Ich mußte mehrere Artikel für die Zeitungen schreiben, für die ich regelmäßig arbeitete, und dann hatte ich einen Auftrag für eine Sendung für RTE Radio, die nächsten Monat in Cork aufgenommen werden sollte. Und es gab noch das Buch. Das Haus und alles was dazugehörte mußten nun an zweiter Stelle kommen, während ich versuchte, meine Karriere wieder auf vernünftige, einkommensträchtige Beine zu stellen.

Eine Freundin von mir, die Schriftstellerin ist und in der Nähe ein Haus hat, kam mich mit ihrer Lektorin besuchen. Sie war überaus ermutigend und bat mich, noch ein paar Kapitel zu schreiben und ihr zu schicken. Ich hatte fünf Kapitel geschrieben und hoffte, daß es genug war, sie zu überzeugen. Ich hatte sie, mit vielen Gebeten bedacht, weggeschickt.

Das, was mich hoffen und an das Buch glauben ließ, war die positive Reaktion, die immer auf das Erscheinen der Geschichten von Lickeen folgte. Ich bekam unglaublich reizende Briefe von Fremden, die mir zu dem, was ich zu erreichen versuchte, gratulierten und sich nach den Tieren erkundigten.

Nach meinem halbstündigen Spaziergang wollte ich etwas Nützliches tun und hinuntergehen, um nach der Post zu sehen. Vielleicht war schon eine Antwort vom Verlag da. Als ich mir meine Socken und Gummistiefel anzog, fingen die Hunde an, in immer kleiner werdenden Runden herumzuspringen, weil sie merkten, daß ein unvorhergesehener Spaziergang in Aussicht stand. Sams angeborene Begeisterungsfähigkeit war jedoch ein wenig eingeschränkt, weil sie in der letzten Woche beträchtlich zugenommen hatte. Die Trächtigkeitsdauer bei Hunden ist kurz, nur acht Wochen. Sie werden plötzlich riesig, und das nächste ist, daß sie gebären, vorzugsweise auf dem Läufer vor dem Kaminfeuer. Nachdem ich fast zwölf Monate mit Kitty und neun mit Elly durchgemacht hatte, schienen acht Wochen eine schon unanständig kurze Zeitspanne zu sein.

Sam war zwar schwer, aber in Topverfassung, dachte ich, als ich Steine für sie warf. Ihr Fell glänzte in blassem seidigem Blond, und trotz ihres Bauches sprang sie auf dem Hügel mit gewohnter Hingabe durch das Dickicht aus *fionnàn* und Stechginster. Daß sie bis dato Mutter von achtunddreißig Welpen war, hatte sie nicht langsamer werden lassen.

Wir gingen ein gutes Stück den Berg hinauf, weiter als ich ursprünglich geplant hatte. Die Sonne wärmte unsere Rücken, und wir setzten uns auf einen großen, vereinzelt stehenden Felsblock, von dem aus wir auf das grünende Tal blickten. Der Tag war trügerisch, wie oft im März. Als die Sonne plötzlich hinter einer Wolke verschwand, fegte ein schneidender, kalter Wind von der Kenmare-Straße herunter, so daß ich aufstand und weiterging.

Mein Ziel war ein altes Waldstück, eines von insgesamt vier, die Lickeen schmückten. Diese Gebiete sind dicht bewachsen mit Eichen, Birken und knorrigem Ilex. Es war nicht weit vom Weg, und ich wollte auch noch nicht nach Hause. Dieser Teil des Landes war mit niedrigen, moosbewachsenen Steinmauern bedeckt, die sich überallhin überkreuzten.

Über ganz Lickeen lagen Felder, die von unbekannter Hand gestaltet worden waren, und Mauern, die anscheinend im Nichts verliefen, obwohl sie vor langer Zeit einmal einen Sinn gehabt haben mußten. Man schichtet nicht all diese Steine nur zum Spaß auf. So viel ging durch die Lagen Moos und im Verlauf der Zeit verloren, es konnte nie mehr zurückgerufen werden. Aber wir könnten hier wieder etwas schaffen, etwas anderes, das das Alte, das noch zu retten war, mit dem Neuen verbinden würde. Es würde Zeit brauchen und viel Geld, um das unwirtliche Land so urbar zu machen, daß es sich meinem Traum eines intakten und produktiven Bauernhofes annäherte. Irgendwie mußte ich bloß noch mehr dieser wertvollen und notwendigen Gebrauchsgegenstände finden.

Ich hielt an, um einen riesigen, untertassenförmigen Pilz zu untersuchen, der aus dem Stumpf einer toten Eiche wuchs. Er hatte die Größe eines Abfalleimerdeckels, und die Unterseite war leuchtend gefärbt. Ich versuchte mir keine Gedanken darüber zu machen, was ich tun würde, wenn im Briefkasten ein Brief von dem Verlag war, in dem stand, daß sie das Buch nicht wollten. Zum ersten Mal hatte ich keinen Behelfsplan.

Mein tapferer alter Renault, Überlebender von Mißbrauch, hatte nun tatsächlich einen kaputten Anlasser. Ich hatte in der Werkstatt im Dorf angehalten, und sie hatten meine Diagnose bestätigt. Manchmal startete er, manchmal nicht. Wenn nicht, dann mußte man herausspringen, die Motorhaube heben und die widerspenstigen Teile (falls man in der Lage war, sie zu finden) mit dem Hammer bearbeiten. Zuerst hatte noch die leichtere Sorte, die man zum Aufpolstern nimmt, genügt, aber mit der Zeit wurde das Problem immer schlimmer und die Hämmer schwerer. Vor kurzem hatte ich einen Holzhammer und ein Brecheisen benützt, um ihn in Gang zu setzen. Der Anlasser würde vermutlich unter diesen Angriffen zusammenbrechen, und ein neuer wäre zu teuer. Wenn er seinen Geist aufgeben würde, bevor ich das Geld für einen neuen zusammenhätte, würde ich hier oben auf dem Berg, einen halben Kilometer von der Straße, siebeneinhalb Kilometer von den nächsten Läden entfernt und ohne Möglichkeit, die notwendigen Vorräte für den Haushalt zu transportieren, auf dem trockenen sitzen. Ich sandte ein stilles Gebet gen Himmel und rannte den Berg hinunter. Nur für heute, bat ich, laß mich keine weiteren Rechnungen mehr bekommen!

Aber ich mußte mich an die falsche Stelle gewandt haben, oder vielleicht waren meine Gebete zu lange egozentrisch gewesen. Jedenfalls fielen sie heute auf taube Ohren. Es waren mehrere Briefe, die ich entmutigt durchblätterte. Eine Werbung der Sisters of Mercy, zusammen mit einem Rückantwortkuvert, eine Rechnung über mehr als dreihundert Irische Pfund für die Autoversicherung und die Aufforderung, die Kraftfahrzeugsteuer zu zahlen. Nachdem meine Einkünfte aus den Artikeln wieder weniger geworden waren, nachdem ich an dem Buch gearbeitet hatte, bestand wenig Hoffnung auf eingehende Schecks.

Ausgelaugt und schweren Herzens machte ich mich wieder auf den Weg hinauf zum Haus. Was, um Himmels willen, hatte mich je dazu gebracht, zu denken, daß ich hier meinen Lebensunterhalt verdienen könnte? Es war im Barley Lake Cottage schon schwierig genug gewesen, Leib und Seele zusammenzuhalten, aber Lickeen und die Tiere gingen über meine Kraft. Ich werde hier auf diesem verdammten Berg enden, dachte ich und kickte wütend einen Stein, ohne Auto und ohne Telefon (die Rechnung war bald fällig) – eine Journalistin in der Mitte von Nirgendwo mit keinen Möglichkeiten der Kommunikation, und, sind wir mal ehrlich, keiner Karriere.

Ich erinnerte mich an das, was der Viehhändler an dem Tag, als ich ihn in Glengarriff getroffen hatte, vorgeschlagen hatte. Elly würde einen guten Preis erzielen, genug, um die letzten dringenden Forderungen zu decken und mich noch eine Weile über Wasser zu halten. Traurig beschloß ich, ihn an diesem Abend anzurufen.

Das Haus lag still und düster, als ich zurückkam, obwohl der Tag so heiter gewesen war. Es war, als ob das alte, verwitterte Mauerwerk meine schlechte Stimmung aufgefangen hätte und widerspiegeln würde.

Ich zwang mich zur Schreibmaschine zurück, aber das Ergebnis war nicht der Mühe wert – langweilige, gestelzte Prosa. Nach ein paar Stunden gab ich angewidert auf und beschloß, hinunterzugehen und das Feuer anzuzünden. Ich kauerte mich unglücklich vor die warme Glut und versuchte mir Mut einzureden, um den Anruf zu tätigen. Während der Monate, die ich Elly besessen hatte, bewunderte ich ihren starken und unbeugsamen Willen. Wir hatten eine Menge zusammen durchgemacht.

Es gab viele andere Kühe, aber keine konnte Elektra ersetzen.

21
Neubeginn

Nachdem ich wußte, daß Sam ihre Welpen bald bekommen würde, hatte ich die Tür des kleinen Schranks unter der Treppe entfernt und ihr dort ein Lager aufgeschlagen. Es war ein optimaler Platz – warm, dunkel und sicher. Sam war ein Mädchen, das den Luxus liebte, und so war es nie schwierig, sie dazu zu animieren, dort ihre Welpen zu bekommen, wo man es selbst gerne hatte, vorausgesetzt, man stellte ihr Decken und ein altes Plumeau zur Verfügung. Anderenfalls suchte sie sich selbst den komfortabelsten Platz im Hause und bekam sie dann da.

Sam lag jetzt ausgestreckt unter der Treppe und keuchte heftig. Ich fütterte gerade die anderen Tiere und gab Sam ihr normales Fressen, aber sie weigerte sich, aus ihrer gemütlichen Ecke herauszukommen. Nach meiner Erfahrung bedeutete das nur eines, daß Sam ihre Welpen in dieser Nacht bekommen würde. Ich war vollkommen auf Gewinn eingestellt und betete für einen großen, gesunden Wurf. Nachdem Sam und Tom sehr gute Stammbäume haben, bringt ihr Nachwuchs immer gutes Geld. Es würde zwar noch ein paar Monate dauern, bis ich sie verkauft hätte, aber das war ein Geld, mit dem ich rechnen konnte.

Ich machte mir etwas zum Essen, räumte auf und schaute immer mit einem Auge auf Sam. Sie atmete immer noch heftig, aber weiter tat sich nichts. Also baute ich ein Feuer auf, setzte mich mit einem Buch davor und machte mich fertig für eine lange Nacht. Das war ihr siebter Wurf, und Sam – routiniert, wie sie war – lag einfach da und ließ es über sich ergehen. Sie brauchte immer lang für eine Geburt, manchmal bis zu sechs Stunden. Meine Rolle war, daß ich sie ermutigte und sicherstellte, daß keines ihrer winzigen, neugeborenen Lebewesen vor Aufregung versehentlich zerquetscht wurde.

Während ich darauf wartete, daß etwas passierte, entschloß ich mich, den gefürchteten Anruf hinter mich zu bringen. Es würde nie einfacher werden. Mein Freund, der Viehhändler, sagte, daß er Elly in ein paar Tagen abholen würde. Er versicherte mir, daß die Preise im Augenblick sehr gut waren. Sie würde auf dem Wochenendviehmarkt einen hohen Preis erzielen.

Ich fühlte mich miserabel, als ob ich einen Freund betrogen hätte. Aber das war lächerlich, angeblich war ich eine Bäuerin, und Bauern kauften und verkauften andauernd Tiere. Ich zwang mich dazu, meine Aufmerksamkeit wieder auf Sam zu lenken, gerade als sie ihren ersten Welpen warf. Es war schon fast Mitternacht, und es ging ziemlich langsam, sogar für ihre Maßstäbe. Ich schaute mit respektvollem Abstand auf den winzigen, feuchten Körper und dachte, daß er außergewöhnlich groß aussah.

Um zwei Uhr hatte sie einen zweiten, sogar noch größeren Welpen zur Welt gebracht und war sichtlich langsamer geworden. Wenn es in diesem Tempo weiterging, würde es die ganze Nacht dauern, bis sie ihre üblichen sechs oder sieben Welpen geworfen hatte.

Um vier Uhr war ein dritter Welpe dazugekommen, groß und offensichtlich auch sehr gesund. Meine Augen fielen mir zu, aber ich wußte, daß ich irgendwie wach bleiben mußte. Es kam immer wieder vor, daß ein toter Welpe nicht ausgeschieden wurde und der Tierarzt gerufen werden mußte. Wenn alles gutging, legte Sam sich nach dem letzten Welpen hin, um die Welpen zu säugen, und schlief dann normalerweise ein. Ich wartete immer bis zu diesem Augenblick, einfach um sicher zu sein.

Um neun Uhr morgens war ich vernünftigerweise überzeugt, daß nichts mehr kommen würde. Die drei dicken, sich krümmenden Welpen saugten zufrieden, und man hörte schmatzende und saugende Geräusche unter der Treppe hervordringen. Sam schlief den Schlaf der Gerechten.

Das war der kleinste Wurf, den wir jemals hatten, und das gerade zu einer Zeit, in der ich mit dem Geld gerechnet hatte. Zumindest hatten wir dieses Mal keine Toten, und die Welpen waren wunderschön. Ich streichelte einen der winzigen warmen Körper und fühlte eine Anwandlung von Staunen, den jede Geburt, ganz gleich ob vom Menschen oder vom Tier, bei mir hervorrief.

Ich war zu müde, um in mein Bett zu gehen, und so legte ich mich auf den Kaminvorleger neben den stolzen Vater, der die ganze Angelegenheit verschlafen hatte. Tom lag dicht neben mir, und bald hatten mich seine Wärme und sein gleichmäßiges Atmen in den Schlaf gelullt.

Ich verharrte mehrere Stunden in dieser Stellung, und als ich aufwachte, war das Feuer fast ausgegangen, und die ersten, grauen Streifen der Nacht verdunkelten den Himmel. Ich mußte noch melken und die Tiere füttern, bevor es ganz dunkel wurde. Ich konnte einfach nicht glauben, daß ich so lange geschlafen hatte. Ich fühlte mich verwirrt und fand mich nicht zurecht.

Mit einem widerwilligen Stöhnen stand ich auf und hoffte, daß ich Sam für ein paar Minuten nach draußen bewegen konnte, bevor ich mich um die anderen Tiere kümmerte. Sie war immer eine phantastische und beschützende Mutter, und ich wußte, daß das Verlassen ihrer Kinder, wenn auch nur für kurze Zeit, eine Qual für sie war. Sofort nachdem ich es geschafft hatte, sie nach draußen zu locken, wimmerte sie schon ängstlich, um wieder hereingelassen zu werden.

Ich zog meinen Mantel und die Gummistiefel an, und Tom folgte mir an die Vordertür. Ich pfiff nach Sam und war gespannt, ob sie Notiz von mir nehmen würde. Zu meiner Überraschung schoß sie sofort, als ich die Tür öffnete, heraus und trank wohlverdientes Wasser. Vielleicht fühlte sie sich so gelassen, weil sie nur drei Welpen hatte? Sie zeigte keinerlei Anzeichen, daß sie wieder ins Haus zurückwollte. Ich entschloß mich, das Beste aus ihrem entspannten Zustand zu machen und beide Hunde auf meinen Weg zum Briefkasten mitzunehmen. Ich hatte heute noch nicht nach der Post gesehen. Sam lief die Straße glücklich hinab und jagte sogar nach ein paar Steinen, die ich ihr warf. Aber man konnte erkennen, daß sie nicht mit ganzem Herzen dabei war.

Zum Zeitpunkt, als wir am Gatter angekommen waren, wimmerte Sam bereits besorgt. Ich schob mir die Briefe, die im Briefkasten waren, in meine Manteltasche und kehrte um. Sam raste eilig voraus.

In der Minute, in der ich die Tür geöffnet hatte, schoß Sam jaulend hinein und verschwand unter der Treppe. Die Welpen kletterten auf ihr herum und winselten aufgeregt. Ihre Stimmen klangen schon viel kräftiger als an diesem Morgen. Ich setzte den Wasserkessel auf, um Wasser für das Futterkonzentrat der Tiere zu erhitzen. Während ich darauf wartete, bis das Wasser zu kochen anfing, warf ich einen flüchtigen Blick auf die Tagespost, die ich auf den Tisch geworfen hatte. Die Umschläge waren dadurch, daß ich sie in meine Manteltasche gestopft hatte, feucht und zerknittert. Auf den ersten Blick sah es gar nicht so schlecht aus, ein Brief aus Los Angeles von einer alten und teuren Freundin, eine Postkarte von jemandem, der eine wunderbare Zeit in Indien verbrachte, und ein Brief mit einer englischen Briefmarke, zumindest niemand, dem ich etwas schulden konnte.

Ich maß das Pferdefutter und die Milchviehwürfel ab, gab es in die entsprechenden Eimer und goß das heiße Wasser darüber. Der berauschende Geruch von Kleie, Weizen und Melasse erfüllte die Küche. Beim Warten darauf, daß die Mischung aufweichte, drehte ich den weißen Umschlag neugierig um. In der oberen rechten Ecke war das Logo des Verlages eingedruckt, auf dessen Antwort ich gewartet hatte.

Ich ließ den Brief fallen, als ob es glühende Kohlen wären. Gerade jetzt war ich nicht in der Lage, den Inhalt zu verkraften. Vielleicht würde ich auch überhaupt niemals in der Lage sein, den Inhalt zu verarbeiten, wenn man es so betrachtete. Es war naiv und lächerlich von mir, zu glauben, daß gerade, wenn ich am dringendsten Hilfe brauchte, die Kavallerie angeritten käme. Wie ich jedoch mit einem Ablehnungsschreiben fertig werden würde, das war etwas, was ich lieber verdrängen wollte.

Ich ging zum Füttern in den Stall. Es war eine wunderschöne Nacht, der Himmel war dunkelblau, nur erhellt von der dünnen Sichel des Neumonds, der auf den Cahabergen stand. Noch waren keine Sterne am Himmel, aber der Himmel war so klar, daß sicher noch welche kommen würden. Ich saß eine Weile vor dem Stall und ignorierte die Tiere, die ungehalten nach mir riefen.

Die Klippe, die über das Haus ragte, schaute irgendwie fremdartig in dem kalten klaren Licht des Mondes aus. Der scharfkantige Gipfel warf lange seltsame Schatten. Es fröstelte mich ein bißchen, und ich zog den Mantel um meine Schultern zusammen.

Ich fütterte die Tiere langsam, füllte die Heunetze langsam, alles, um den Augenblick, in dem ich den Brief öffnen mußte, so lange wie möglich hinauszuschieben. Dann setzte ich mich hin, um Elly zu melken, und nahm mir Zeit. Ich fühlte mich eigentümlich distanziert, als ich diese vertrauten und doch kostbaren Arbeiten verrichtete, als ob ich mich selber im Film sah: herumgehend, leichtfüßig, selbstsicher, alles unter Kontrolle. Die Wahrheit jedoch war, wie ich feststellen mußte, daß dieser Traum jeden Moment vorbei sein konnte und ich absolut nichts unter Kontrolle hatte.

Ich nahm lediglich das Geräusch der Milch wahr, die bei meinem mechanischen Melken in den Eimer strömte, Ellys stetes und gründliches Kauen beim Heufressen und den warmen, süßen Geruch von Kitty, die ruhig hinter uns stand und uns zusah. Das waren die Dinge, die mir wichtig waren – Tiere, die warm und gut genährt in meiner Nähe waren, ein Haus, das ich liebte, und eine Landschaft, die manchmal so wunderschön war, daß es mir schier das Herz brach. Bleibende und wertvolle Dinge, die ich mir bereits seit sehr langer Zeit gewünscht hatte.

Was auch immer geschehen würde, sogar wenn ich es letztendlich nicht schaffen würde, wußte ich, daß mich die Erfahrung mit Lickeen bereichert hatte. Ich hatte in so kurzer Zeit so viel gelernt. Und ich hatte Geduld erworben zu einem Grad, den ich nie für möglich erachtet hätte.

Ich beendete das Melken und prüfte alle Zitzen, um sicher zu sein, daß keine Milch mehr vorhanden war. Paddy hatte ihr Futterkonzentrat aufgefressen und wartete auf das, was sie als ihre Hauptmahlzeit ansah: Milch. Ich schüttete ihr die Hälfte dessen, was ich gerade von Elly bekommen hatte, in ihren Eimer. Sofort steckte sie gierig ihren Kopf hinein.

Im Haus war es warm und angenehm. Ich goß mir einen großen Whiskey ein, stocherte im Feuer herum und betrachtete den Brief.

Vorher durchlief ich noch ein paar umständliche und unnötige Rituale wie Uhrenaufziehen und Zeitungenstapeln, bis ich mich endlich vors Feuer setzte und den Brief vorsichtig öffnete, als er ob jeden Augenblick explodieren würde. Tom kam zu mir herüber und legte seinen großen Kopf sanft auf mein Knie. Ich streichelte seine Ohren einen Moment lang, dann atmete ich tief durch und zwang mich den ordentlich getippten Text durchzulesen. Ich mußte ihn dreimal durchlesen, bis mir endlich klar war, daß die Nachricht gut war – großartig sogar. Mein Buch war angenommen worden.

Ich weiß nicht, wie lange ich so dasaß, den Brief in der Hand, und leer vor mich hin starrte. Ich war außerstande, diese überwältigende Neuigkeit zu verarbeiten.

Als ich wieder etwas zur Besinnung gekommen war, griff ich zum Hörer und rief Amber an. Ich hatte ihr versprochen, ihr sofort Bescheid zu geben, wenn ich etwas gehört hatte. Es lag jetzt noch ein weiter Weg vor mir, denn ich hatte erst fünf Kapitel geschrieben. Jetzt mußte ich mir das Geld vom Mund absparen und es zu Ende schreiben. Und wenn ich das getan hatte, würde irgend jemand es kaufen wollen? In der Zwischenzeit mußte ich Rechnungen zahlen, Land bewirtschaften und für die Tiere sorgen. Natürlich war Lickeen immer noch ein Risikounternehmen, und es lagen noch viele Probleme vor mir. Aber auf der anderen Seite hatten wir uns gefühlsmäßig dafür entschieden, Lickeen zu kaufen, und nicht aus Vernunftsgründen. Die hatte ich mir schon lange abgeschminkt.

Aber jetzt gab es einen bedeutenden und wichtigen Umstand, der alles ändern würde. Jetzt bestand die Hoffnung, daß die verschiedenen Stränge meines Lebens zueinanderführen könnten. Alles, wofür ich die Jahre beim *National Enquirer* gearbeitet hatte, und die anderen Jobs, die ich über die Jahre hinweg angenommen hatte, ohne sie sonderlich zu schätzen, waren darin enthalten. Ich hatte bereits jetzt tiefe Wurzeln geschlagen.

Noch etwas dämmerte mir. Jetzt mußte ich Elly nicht mehr verkaufen! Ich konnte den Viehhändler morgen anrufen und ihm sagen, daß er nicht mehr kommen brauchte. Meine Erleichterung war grenzenlos.

Beim Warten darauf, daß Amber den Hörer abnahm, wurde mir bewußt, daß das erst der Anfang war.

Lickeen – dieser frustrierende, erbitternde, aufheiternde und unwiderstehliche Ort – hatte noch nicht mit mir abgeschlossen. Aber das ist eine andere Geschichte für ein andermal …